亲爱的中国读者，
阅读本书请多加小心！
谢谢！

—— [illegible]

文治
© wénzhì books

[日] 道尾秀介 著
张佳东 译

中国友谊出版公司

图书在版编目（CIP）数据

不可以：消失的尸体 /（日）道尾秀介著；张佳东译 .-- 北京：中国友谊出版公司，2023.9

ISBN 978-7-5057-5724-0

Ⅰ．①不… Ⅱ．①道… ②张… Ⅲ．①推理小说－日本－现代 Ⅳ．① I313.45

中国国家版本馆 CIP 数据核字（2023）第 165812 号

著作权合同登记号　图字：01-2023-3308

书名　不可以：消失的尸体
作者　［日］道尾秀介
译者　张佳东
出版　中国友谊出版公司
发行　中国友谊出版公司
经销　新华书店
印刷　三河市中晟雅豪印务有限公司
规格　840 × 1194毫米　32 开
　　　9.625 印张　158 千字
版次　2023年9月第1版
印次　2023年9月第1次印刷
书号　ISBN 978-7-5057-5724-0
定价　58.00元
地址　北京市朝阳区西坝河南里17号楼
邮编　100028
电话　（010）64678009

如发现图书质量问题，可联系调换。质量投诉电话：010-82069336

目录

第一章　不可祈祷——明神瀑布

（一）

放学回家后的桃花在查看邮箱时，发现里面有两张贺年卡。尽管新年已过，每天依然还能收到几张。今天是一月的第八天，这也该是最后一批了吧。

其中一张是寄给父母的，另一张则是寄给姐姐绯里花的。寄给姐姐的贺年卡右下角画着一只可爱的小老鼠，老鼠口中冒出一个大大的对话气泡，里面写着：

“小绯，快点回来，我们都在等你。亲亲——”

这张贺年卡是六人联名寄出的，看上去应该是姐姐的高中同学。尽管收信人的位置写着“小泽绯里花”的名字，但这张贺年卡实际上是给桃花和父母看的。他们应该是想对父母和桃花表示他们并没有忘记绯里花，而且坚信她还活在某处。最后那个“亲亲——”也一定是想让贺年卡显得不那么严肃才会这样写的。

亲朋好友都不认为姐姐已经离开了人世。可能是出于这种心情的体现，今年父母和桃花收到的贺年卡数量与往年相差无几。如果只有今年不寄来贺年卡，就会让小泽家显得像在服丧一样。今年给绯里花的贺年卡确实只有这一张，但这单纯只是因为姐姐现在不在家里。

“我们家没在服丧。”桃花心里默念着这句话，随即打开拉门。姐姐一定还活在某处——尽管她已经一年没有回家了，尽管警察和消防员都没能找到她，尽管人们已经在御光川的河滩上发现了彻底湿透的“泰利熊老师”。

向厨房张望，只见母亲正挽着衣袖，用力地在圆筒锅里搅拌。

“咖喱？”

“哦，你回来啦。长田先生给咱们家拿了不少百合根，我就把它加到咖喱里了。”

“合适吗？”

“不清楚，我拿它当土豆用。”

姐姐还在的日子里，母亲从来没有在她们放假或是像今天这样上午放学的时候，大费周章地准备过如此正式的午餐。父母平日都在牡丹花棚里工作，过去他们顶多是在给自己捏工作餐的饭团时，多捏出桃花和姐姐两个人的份，给她们放在餐桌上。而现在，他们会在家里给桃花做咖喱、卷纤汤[1]或是筑前煮[2]。只不过他们工作繁忙，自己平时依然只是啃啃饭团而已。

“有给姐姐的贺年卡。”

“哦，是吗？每年都有人拖到最后才寄。门松[3]昨天就撤了，所以还是有些晚吧——不过这么说好像不太咖喱？”

“什么？”

“这么说好像不太合理？”

“这个谐音梗一点也不好笑啦。”

不过桃花还是笑了。她望向餐桌——上面摆着两套餐具，一套是自己用的，另一套则是给绯里花准备的。母亲总是会像这样替姐姐准备餐具，因为她说姐姐说不定哪天突然就回来了。午餐会准备桃花和绯里花两个人的，晚餐则是包括母亲和父亲的，一共准备给四个人。然而直到今天，

1　一种用白萝卜、胡萝卜、牛蒡、魔芋、豆腐等材料以芝麻油煸炒，加入高汤烹煮，最终用酱油调味的汤类食品。据说起源于为神奈川县镰仓市的修行僧所做的食品，因此又称建长汤。——译者注，全书同

2　福冈县的乡土料理代表，起源于筑前地方，故得名。食材通常选用鸡肉、胡萝卜、牛蒡及魔芋，将食材过油翻炒后加入糖、酱油煮熟。日本人喜欢在冬季食用。

3　日本人在新年时摆在门口的一种装饰物，一般由松枝、毛竹竿和蜡梅组成，有将年神请进家里，新的一年里获得好运的寓意。

姐姐的餐具依旧无人使用，总是在饭后被放回到餐橱里。

母亲之所以会开始做咖喱之类的午餐，或许是因为不想丢掉，或是饭后自己吃掉为姐姐所做的饭团？如果只是把无人使用的餐具放回餐橱里，心情或许会好受一些吧。

“到今天恰好是一年呢。”

姐姐失踪的日子是去年的一月八日。

正好是开学典礼那一天的下午。

“是啊，一年了。”

母亲在锅边敲了敲锅勺，把沾在上面的咖喱磕进锅里。但她并没有将锅勺搁在别处，最后还是放回了锅里。尽管只能看到背影，但桃花知道她在强颜欢笑。她很想知道自己在打开厨房门之前，母亲的脸上究竟是什么表情。

“要是姐姐现在回家，和我就是同级生了吧？”

“就像双胞胎一样，多好玩啊。”

“对吧？多好玩啊。”

姐姐失踪的时候，还在读高二。那一学年的期末考试她没能参加，出勤天数也不够，所以今年她的名字依然留在二年级名册上。换句话说，现在她与小她一岁的桃花是同级生。

“我先去换衣服。”

“妈马上要去工作啦，先帮你盛点咖喱？”

“待会儿我自己来吧。”

“你自己每次都只盛那么一点儿。”

“大家都只吃那么多呀。”

把寄给父母的贺年卡放到餐桌上，桃花走出厨房。

“妈，你工作别太累着，医生说你的身体还要观察呢。”

桃花在走廊里回头说道。母亲依然背对着她，只是抬起手来轻轻比了个“OK”的手势。

“等姐姐回来的时候，你的身体可得健健康康的才行呀。”

登上二楼，走进绯里花的卧室。书桌上放着一沓给姐姐的明信片和信件，都是在这一年里寄来的，堆在一起足有三厘米高。桃花把今天收到的贺年卡放在一旁，用手机拍了张照片，把它翻过来又拍了一张。

“有贺年卡寄来噢——”

桃花把照片添加到信息里，附上这句话发了出去。她等了一会儿，但它就像迄今为止发出的几百条信息一样，并没有显示已读。桃花轻轻扬起眉头，关掉了信息程序。尽管无法像母亲那样强颜欢笑，但她至少还能表现出平静。

不只桃花与父母，姐姐的朋友们一定也持续不断地给她发送了许多信息。其中应该有很多贺年信息，但更多的应该是在她五月生日的时候发送的。桃花坚信，或许用不了一两天，这些消息一定会全部变成“已读”。她相信这一天一定会到来。

楼下传来房门的声响。桃花站在窗边向外望去，看到母亲穿着羽绒服的背影。她正踩着被小雪覆盖的地面向牡丹花棚那边走去。“牡丹花棚”似乎是本地的一种特殊称呼，在其他地方又叫什么呢？在种植商品牡丹的地区，自春季至初夏的牡丹总是红、白、粉三色三株紧紧地挨在一起。而如今是冬牡丹的季节，每棵花苗都被种在小小的圆锥形稻草篷里。据说通过这种方式为牡丹保暖，能够让它们误以为自己身处其他季节，从而在冬季开花。从二楼隔窗望去，花圃中一排排花朵格外鲜艳美丽。那些稻草篷也同样小巧可爱，桃花十分喜欢。它们看上去既像雪国居民戴的蓑笠，又像是小巧精致的茅草房。

在箕冰市，除了桃花的父母所经营的“小泽栽培”以外，还有其他许多种植牡丹的农户。从小学到高中，班级里总会有五六个孩子出身种植牡丹的花农家庭。当地一年两度——分别会在黄金周和一月三天小长假的时候在市内的运动公园里举办牡丹节，届时各户花农都会摆出大量盆栽出售。

活动期间，县外的游客纷纷慕名而来，不过更有吸引力的，还得数一月的牡丹节。冬牡丹本就罕见，更不要说许多游客是为了观赏箕冰市的著名景点——明神瀑布而来的。

今天是星期三，牡丹节三天后就要开幕。这不仅会是桃花家一年之中最繁忙的时候，对其他牡丹花农来说也是如此。而且就在今年，明神瀑布时隔六年再次完全冻结，因此想必会有更多游客前来观赏。

呼出的哈气让窗户起了雾。桃花视线上移，望着冬季万里无云的天空。天空的底部有一片深棕色，那里便是鹤丽山，一座夹在当地与市区之间，标高八百米左右的山。

从小到大，每当桃花这样远眺，窗外的景色留给她的印象总是缺了一块三角形的天空。然而今天，她却首先意识到了鹤丽山的存在。

一年前的今天，人们在山脚下发现了绯里花的自行车。自行车停在登山小路的入口处，脚撑是架好的。可以查到手机关机前最后的位置就在附近，所以姐姐当时一定是骑着自行车来到了登山小路的入口处。

那一天，直到晚上桃花才发现姐姐不见了。开学典礼结束后回到家里，吃完母亲为姐妹二人准备的饭团，她就一直待在自己的卧室里用手机刷视频。

——桃花，绯里花呢？

工作结束回家后，母亲站在卧室门口问道。

——不知道呀。

——她没在家。

这是晚上八点之前的事。在母亲的吩咐下，桃花拨打了姐姐的电话，然而对方的手机已经关机，发出的消息也都一直显示未读。当桃花和母亲一起来到楼下时，父亲正一脸不悦地坐在厨房的餐桌前喝茶。母亲先是出门，但很快又回来，站在走廊里对桃花招手。

——自行车不在家。

或许是不想让父亲的心情更差，这句话是她在桃花耳边小声说的。可就在两人低声交谈的时候，父亲走了过来。

——她没回家？

父亲从不允许女儿在没有告知的前提下晚归。尽管他算不上十分严厉的人，但在这方面异常执着。

于是三人开始等待姐姐回家。他们围坐在餐桌旁，父亲默默地盯着茶杯，桃花不停地查看自己发出的信息是否已读，母亲则是心急火燎地抬头望着挂在墙上的时钟。父亲让桃花联系姐姐的朋友，但桃花一个也不认识。姐姐有个同学的父母也是牡丹花农，于是母亲打了个电话过去，但对方表示并不知情。桃花看了看姐姐社交平台上的账号，最新的动态是三天之前上传的，只发了一张湿毛巾被冻成U形的照片。

九点刚一过，父亲便起身向房门走去。

——我去找找。

开车在附近转了大约一个小时后，父亲回来了。还没等桃花和母亲开口询问，他便摇了摇头，随即一言不发地走到家里的电话前。拿起听筒后，他先是连按两下“1”，接着犹豫了几秒，随后才按下了“0”。

警察的声音从听筒中传来，一开始似乎在劝父亲不要过度担心，但父亲用强烈的语气要求回应后，对方终于向上级通报了状况。不久后，一辆警车来到了家门口。

赶来的是一男一女两位年轻警察。他们站在门口打听过状况后，便立即开始布置搜寻。桃花不知道当时究竟安排了多少人进行搜寻，但人手想必不少。因为没过一个小时，家里的电话就响了，对方表示在鹤丽山登山小路的入口处发现了一辆自行车。检查过防盗登记后，警方确认它正是姐姐的自行车。

随后消防队也加入搜索鹤丽山的阵营中来。父亲开车带上桃花和母亲，三人一同赶往鹤丽山。在一片黑暗中，他们看到四处有点点灯光闪动。桃花和父母也一边呼喊着绯里花的名字，一边沿着冰封的山路向上攀登。最终在手电筒的帮助下，他们气喘吁吁地爬上了山顶，随后又返回到山脚下。

就在这时，一名身穿警服的警察来到三人面前，表示有情况向他们确认。他拿出手机，屏幕上显示着一张布偶的照片，父母和桃花都一眼认出那是“泰利熊老师”。“泰利熊老师”是绯里花在上小学二年级时，父母买给她的小熊布偶。姐姐觉得它很像老师，所以这样命名。的确，它身穿黑色长袍，戴着黑框眼镜，头上还有一顶黑色的学士帽。后来姐姐才知道这些并不是“老师”的装束，而是学生的，“泰利熊”也是她念错了母亲当时所说的“泰迪熊”。尽管如此，“泰利熊老师”的名字却一直没有变过。

——是我女儿的东西。

母亲回答后，警察又问她这个布偶平时放在哪里。

——平时都是摆在她卧室的床上。虽然也放到过其他位置，但是从没见过有人把它拿出家门。

“泰利熊老师”是在流经鹤丽山的河流——御光川的河滩上被人找到的。搜索队的队员发现了它，拍摄照片后进行了报告。发现布偶的位置并非上游，而是在山脚附近，难道姐姐去了那边？或者说“泰利熊老师”是从上游顺水漂下来的？它身上的长袍、眼镜和学士帽都还穿戴得好好的，但正如一般的布偶那样，它们都是被缝在身上的，因此并不能说明什么。

随着“泰利熊老师”被发现，搜寻的重心转移到了御光川，然而直到第二天凌晨都没能发现任何其他线索。后来人们还对鹤丽山内夜间难以进入的山谷、悬崖，以及半山腰的明神瀑布周边进行了搜索，但既没找到属于姐姐的其他物品，也没能找到她本人。

大约三天后，这则消息在媒体上发布，绯里花的失踪顿时成了全国性的大新闻。然而这则新闻的热度随后却以惊人的速度衰减，搜寻的规模也逐渐缩小。去年三月上旬，也就是姐姐失踪的两个月后，箕冰市派出所的一名负责人来到家中，告知父母搜寻工作已经终止。

当然，终止的只是搜寻工作，而非调查工作，警方依然在寻找绯里花的行踪。

将自行车停在山路入口处的绯里花究竟去了哪里？从未被人带出过家门的“泰利熊老师”为什么会出现在御光川的河滩上？一切都笼罩在迷雾当中，而姐姐时至今日也未曾出现。

桃花不时会在网上搜索绯里花的名字，然而搜到的不是已经看过无数遍的新闻，就是在个人博客或社交平台上对她失踪之谜的胡乱猜想。每隔几天，姐姐都会出现在桃花的梦里，和她一起在更衣室里用吹风机吹干洗过澡后的头发，或是和她像小时候那样在院子里一起玩着跳绳。在梦里，姐姐总会和自己说些什么，可每当醒来的时候，那些话就都不记得了，就算能记起也毫无意义。

桃花将视线移回到牡丹花棚那边。

父母正在一排排稻草篷中弯腰劳作。去年由于姐姐刚失踪不久，他们没有参加冬季牡丹节。为了节日而精心培养到开放的冬牡丹也都分给了其他花农，后来人家好像还把卖花的钱送了回来。

——总有一天，这里会由我继承吗？

桃花忆起在失踪的一个月前，姐姐说过这样的话。

——为什么突然这么说？

——知道妈妈生病后，最近我开始思考未来了。

就在不久前，母亲发现她的右乳房内长了一个肿瘤。

——没什么大问题吧，不是可以做手术治好吗？

当时母亲预约了摘除肿瘤的手术，打算在繁忙的牡丹节结束之后去做。绯里花失踪后，母亲表示无心手术，原本打算取消，但父亲和桃花还是说服母亲接受了手术。幸运的是，手术顺利完成。尽管没有亲眼确认，但听说连外形都没有受到影响。

——肯定能治好的。但我想说的不是母亲的病，而是我意识到，爸妈不可能永远健康下去……

她似乎在考虑一旦有事发生，自己身为长女是否要去接管家里的牡丹园。

——如果真的那样，我是不愿意的。

——为什么？

——我不是瞧不起爸妈的工作，只是干这行的空间太小，只能年复一年地靠种植牡丹生活下去。

——连孩子都要用牡丹命名，是吗？

是啊——姐姐笑了。父亲说过，无论是“绯里花”的“绯”，还是“桃花”的“桃”，都是取自牡丹花的颜色。

——将来我想在城里生活。不一定非要在大城市，但至少也得是山那边的市区里啊。

所以绯里花才会离家出走吗？桃花曾经这样想过。然而之所以会这样想，只是因为它比姐姐遭遇不测或事故的想法更加乐观罢了。但桃花比谁都清楚，姐姐是绝对不会瞒着家里人离家出走的。

离开窗边坐在床上，这里还残留着一丝姐姐的味道。警察还给家里的“泰利熊老师”依旧摆在床头。桃花用手机给它拍了张照片，附上一句话发给了绯里花：

“我好想你。”

紧接着又发出一条：

“一年前，为什么要带我去山里呢？”

稍微等了一会儿，信息依旧没有显示“已读”。桃花本想关掉手机，但转念一想，打开了浏览器。

女学生 失踪 泰迪熊 原因

她输入了这几个关键词进行搜索，但依然只能搜到那些个人博客上胡乱猜测的内容。失足坠落昏迷后冻死、掉进御光川后心跳骤停、被人绑架、父母行为可疑、在夜目森林里迷路……所有人都在不负责任地乱写一通。夜目森林是位于市北的一片广阔的森林，如果在那里迷路，确实很难离开。然而以自己家为参照物，那片森林的位置与鹤丽山完全相反。这些人明明不清楚状况还瞎写一通，不过桃花早已不再为这样的事生气了。

姐姐 泰利熊老师 为什么

随后她又输入了这几个关键词，然而网络并不会给出答案。桃花坐在床上，茫然地望着一排排不相关的搜索结果。下滑屏幕，发现一条带有“姐姐”的内容，似乎是与一部陌生的漫画相关，一条和“老师”有关的内容，似乎是关于小学课堂的新闻——

就在这时，一句话突然出现在桃花眼前：

“有点希望，又不太希望和泰利熊老师一起回家（笑）。”

心脏猛地一紧，脸色也顿时沉下来。

“这是什么……”

桃花用指尖点击内容。

画面切到一个社交平台。

与刚才的文字一同显示出来的，是一张“泰利熊老师”的照片。看上去像是用单手拿着布偶，然后用另一只手拍出来的。背景有些模糊，但还是能看到成排的树木和铺满石砾的地面——近处似乎还有什么东西，它位于“泰利熊老师”右脚的侧面，整体呈棕色，看上去像是菜刀的刀柄。上传时间是一年前，具体时间是“13:11 01/08”。

正是绯里花失踪那天下午。

发出这段内容的账号叫“hirihiri[1]”，头像是稻草篷中的一朵绯红色牡丹。点进个人资料页面后，桃花发现这个账号既没有关注任何人，也没有任何关注者，里面仅有三条动态，在“泰利熊老师”那张照片的前后各有一条。

桃花点开第一张照片，上传时间是“13:06 01/08”。这是一张从不远处拍摄家中牡丹花棚的照片。照片里是整齐排列的圆锥形稻草篷，还有母亲蹲在它们之间的背影。看样子像是在门柱旁边拍的。配上照片一同发出的还有一句话——“我要去尽孝了”。

这是绯里花在社交平台上的小号？除了平时用的账号以外，她又创建了一个小号，在上面发了这三条动态吗？

点开第三张照片，更新时间是“13:58 01/08”，照片里有一棵大树，但它却没有树枝和树叶，树干从中间被拦腰截断。这是鹤丽山脚下，位于山路入口处的“银杏树妖”。桃花在上小学时就听说过，据说它原本是一棵将近三十米高的大树，但随着树龄增长，树干逐渐腐朽，它变得非常危险，随时都有可能倒下，因此上半部分就被砍掉了。

1 绯里花的日语发音为hirika。

“车把……”

直到这时，桃花终于察觉到她一开始看到的那个像菜刀刀柄一样的东西究竟是什么了，那应该是“泰利熊老师”身后的自行车车把。一年前的今天，绯里花先是在家中院门的门柱旁边给母亲拍了一张照片，并上传到了社交平台的小号上，随后骑自行车出门，在路上还拍了一张“泰利熊老师”的照片，随后又上传了动态。最后，她在山路的入口处上传了第三张照片。

“是否相信，取决于你自己（笑）。”

最后一张照片附上了这样一行文字。她所说的“相信”究竟是指相信什么？姐姐带着“泰利熊老师”离开家门，到鹤丽山去干什么？桃花坐在床上，将这三条动态重新打量了一遍。就在这时，一个猜想突然在脑海中浮现：

那天，姐姐该不会是去了明神瀑布吧？

（二）

——当瀑布冻结的时候，水都去了哪里？

年幼的时候，大概这样问过父亲。

当时的大槻还在上小学低年级，因此那应该是五十多年前的事了。如今彻底冻结的明神瀑布，已经成了几年一遇的奇景，但在过去却是年年可见。一到年底，瀑布就会从左右向中间缓缓冻结，到了某个时刻，它会在中心聚拢，随后一个寂静无声的世界便会出现。就在昨日还轰然作响的水声如今却彻底消失，眼前只剩下一条牢牢冻结的白色瀑布。高度超过一百米的巨型冰幕宛如一幅画卷，然而在清晨与黄昏过后，它看上去却又宛如瀑布的死尸，令人不寒而栗。

——要是瀑布冻住，河里的水不就无处可流了吗？那它们究竟去了哪里？

明神瀑布位于御光川中游，尽管瀑布被冻住了，但上下游的水还是会照常流淌的呀。究竟是怎么回事呢？那时候的大槻满心疑问。

——你猜它们去了哪里？

大槻不记得当时父亲反问过这句话后，自己究竟是怎么回答的，或许根本就回答不上来。他只记得在冰冷的小屋里，父亲沉默地久久地盯着自己。不一会儿，父亲突然不再瞧他，而是打开屋门，走到了山路上。

距离小屋大约五十米的位置，明神瀑布静静地凝固着，四周到处是岩石与树木。

——我们只是看不见它们了而已。

父亲对着结冰的瀑布抬了抬满是胡须的下巴。他是个大个子，比那时的大榥要高很多，但说出来的话却犹如在耳边一样清晰。难道是因为瀑布被冻住了，所以周围才一片寂静吗？

——瀑布看上去被冻住了，但实际上并非如此。它只不过是最外侧结了一层冰，河水依然在冰层下流淌。

——既然还在流淌，为什么没有声音呢？

——水，滴在水坑里会有声音，但如果是贴着窗户滑落，自然就没有了。

五十九岁的大榥一边回忆过去，一边用竹耙清理着落叶。

随后他将聚到一起的落叶划拉到左手的簸箕里。

打扫观瀑台，是大榥从父母手中继承这间小屋后要做的为数不多的工作之一。观瀑台位于瀑布正前方，面积约有十叠[1]，护栏和地面都是金属材质的，平时游客们都会在这儿观赏明神瀑布或拍摄照片。

1　表示日本房间面积大小的单位，通常为90cm×180cm，即1.62㎡。

“又冻上啦，冻得可真结实啊。”

循声回头，发现隈岛刑警站在身后。羽绒服的拉链一直拉到了下巴，这让他粗壮的脖子那里显得紧巴巴的。

“拍到好看的照片了吗？”

隈岛用戴着手套的手指了指挂在大槻脖子上的数码相机。那是一只汗毛浓密的手——当他第一次来小屋这边拜访时，大槻不经意地盯着他的手瞧了许久。但或许是习惯了这样的视线，隈岛只是笑着表示连派出所里的同事也都将他的手戏称为“熊手[1]”。

“在这儿住了这么久，还能拍出什么新花样来。”

“是吗？可我无论看多少次，都还是觉得它很壮观啊。”

隈岛是箕冰派出所的新人刑警，年龄在三十岁上下。之前他无意间透露过，自己在派出所工作后先是被分配到交通科，大约在一年前才被调动到刑事科。

“三天后就是冬季牡丹节，大槻老哥你又要忙起来了吧？毕竟会有不少游客来这儿看冰瀑布。”

“也没那么多人。到时候无非就是打扫打扫观瀑台，或是借他们用厕所而已。”

1　“隈岛”名字中的“隈”在日语中与“熊”的发音相同，同时日语汉字中的“熊手”也有“竹耙”之意。

“毕竟你这儿是避难屋，闲着也是闲着，给大伙儿应个急也不是坏事。从这方面来讲，咱们俩的工作一样。”

大榥所住的小屋原本是一处避难屋，是在暴雨天气或遭遇意外的紧急时刻，为鹤丽山的登山者们提供落脚处的场所。过去这里的管理员是大榥的父母，他们会为到访此处的登山者提供食物和休息的地方，在其他时间则负责维护附近的山路。

高中毕业以前，大榥从这间小屋出发去学校单程要走将近两个小时。到了冬天，太阳升得晚落得早，所以上学放学的路上总是离不了手电筒。高中毕业后，他到市区里一家印刷厂就职。当时他住在公司附近的独身公寓里，如今，他在这间小屋里生活。

“等我不管了，这间小屋可能也就完了。”

大榥正好在三十岁的时候接管了这间小屋。那一年年末，父亲告诉他母亲离开了。仅仅一个月后，父亲也在工作中因意外事故身亡。

父亲的遗体是在御光川的河滩上被人发现的，死因是心跳骤停。从衣服和身体的状况来看，他似乎是顺着河水漂下来后，又被冲到河滩上的。由于在明神瀑布附近发现了父亲用来清理瀑布下方潭水的网兜，因此他的死亡被认定为一场不幸的意外。恰巧那时大槻也厌倦了公司里的人际交往，于是在父亲去世后不久，他便辞去工作，成为避难屋的管理员。

“什么完不完的，怎么老说这种话？”

“因为根本没有意义。”

大槻当上管理员后没过几年，工作量就急剧减少。除了登山用的小路外，山上还修了条供车辆通行的硬化路面。这条路被市里称作鹤丽盘山公路，可供私家车或公交车通行至半山腰。从那里的停车场和商店出发，沿着一条平坦的小路步行两公里左右就能到达明神瀑布，因此需要这间避难屋的人已经很少了。事实上，就在最近的二十九年里，仅有极少数登山者来过此处，因为在山中遇到麻烦时，去停车场和商店要比来这儿方便快捷得多。

“避难屋这种玩意儿早就已经过时，没什么意义了。”

自从鹤丽盘山公路修好之后，原本由避难屋管理员负责的山路维护工作，现在变成由专业承包商负责。一旦有倒下的树木阻断山路，就会有工作人员迅速前来移走。山路危险处供游客抓握的绳索若是损坏，也会立刻有人替换。如今出现这些情况时，已经轮不到大槻这样的非专业人士出场了。

尽管避难屋依然归市内管辖，却从未进行过工作方面的联络。就连大槻自己也不知道市里为什么还要留着这间避难屋。像父母当初那样，他每个月也会收到箕冰市发来的工资，但这很可能只是电脑在自动处理，市政府或许早就已经忘记了这里吧。

“那条路确实很方便……连我自己也经常走。”

望着通往鹤丽盘山公路的那条小路，隈岛撇了撇厚厚的嘴唇。

“不过怎么说呢，好不容易修了那么好的一条路，要是冬天来看瀑布的游客能再多一点就好了。”

一阵白色的哈气伴随着这句话从口中冒出。观瀑台四周都是树木，让周遭显得有些昏暗，所以这口哈气在空中稍微飘了一会儿，随后才消失。

“要是不结冰，它也就是条普通的瀑布而已。”

或许正是想让明神瀑布与冬牡丹一同成为当地著名的观光特色，箕冰市才会修建鹤丽盘山公路的吧。然而就在那条路建成之后，全球变暖速度加快，明神瀑布便很少彻底冻结了。后来尽管冬季的游客有所增加，但终究没能达到箕冰市当初期望的数量。

“话说回来，大槻老哥，关于那件事，过后你有没有……听说过或是想起过什么？”

“那起失踪案？”

距现在差不多一年时间的那起女学生失踪案，是隈岛被调到刑事科后接到的第一起案件。她的自行车是在登山小路的入口处被发现的，警方推测她很有可能进入了鹤丽山。因此案件发生后没过多久，隈岛就多次来到避难屋这边打听她的行踪。起初总是有个资历更老的刑警陪在他身边，但过了一段时间后，他便开始像今天这样单独前来了。

“不好意思……还是没有。”

“哪里，不好意思的应该是我。直到现在还没破案，这都要怪我们。”

隈岛笑了，吸了吸圆圆的鼻子。这个人很爱笑，有时甚至显得有些不太正经。他对所有人都是这副态度吗？大槻一边思忖一边转过身去，望着明神瀑布。

“身为刑警还来求神拜佛的，总感觉有点丢脸。”

隈岛双手在胸前合十，随即闭上双眼。

“……是因为那个传说吗？”

“是啊，那个神明的故事。”

“你许了什么愿？”

大槻问道。隈岛闭着眼睛如实答道：

“希望我能解决这起案子。”

明神瀑布的传说，大概小时候已经听父亲讲过许多遍了。

——很久以前，有一个年轻人住在这座山的山脚下。

他的父母早已去世，他靠打理父母留下的牡丹田为生。

有一天，村子里突然出现了一条巨大的毒蛇。这条毒蛇足足有八尺长，总是潜伏在草丛、暗处或是牡丹田里袭击村民，遇袭的人不是当场丧命，就是身受重伤后毒发身亡。村民们吓得不敢离开家门，也没法照看牡丹田，村子里的牡丹花就这样一朵朵枯萎了。看到这件事后，年轻人决定登上鹤丽山，想要向寄宿在明神瀑布里的神明许愿。上山后，他对着瀑布合掌祈祷，祈求神明能将毒蛇从村里赶跑。神明出现了，表示可以实现他的愿望，但条件是要献出他最宝贵的事物。年轻人觉得反正自己最宝贵的父母已经不在了，便毫不犹豫地答应了这个要求。

于是，毒蛇很快就消失了，村子重新焕发了生机，村民们也打起精神继续照料起牡丹花来。然而只有那个年轻人精心培育的牡丹花全部枯萎掉了。

——然而真正的故事并不是这样。

故事讲到最后，父亲总是会这样说。

——寄宿在瀑布里的，其实是一个更加可怕的神明。

旁边传来话语声，原来是一群中年妇女来到了观瀑台。见到冰封的瀑布，她们异口同声地发出一阵赞叹。

“那我去工作了。大槻老哥你要是想起什么事情就及时联络我。”

隈岛向那群中年妇女走去，并向她们展示自己的警察证。问讯的声音在寂静的空气中传来。

听着他们交谈的声音，大槻伸手拿起挂在脖子上的数码相机。

应该是七八年前吧，大槻在市里买了这台单反相机。虽说是台便宜货，但能设置自动曝光和光圈，所以即使是不擅长摄影的大槻，也能用它拍出还算不错的照片。

打开电源，按下尖角向右的三角形按钮。

出现在屏幕上的，是差不多有两个人头叠在一起那么大的雪人。赤红的双眼是青木[1]的果实，灰色的鼻子则是从厨房垃圾桶里翻出来的蛤蜊壳。这是自己今早在避难屋门口拍的照片。为了打发时间，大槻在新一年的年初，总是会在门口堆雪人做装饰。房门的另一侧同样摆着一个雪人，

1　丝缨花科桃叶珊瑚属植物。分布于朝鲜、日本及中国浙江等地。

大槻将它称作“生肖雪人”，它的形状就是那一年的生肖。仔细想想的话，其实它并不能算作“雪人”。不过大槻从来没在别人面前用过这个称呼，因此倒也没什么关系。在目前他所堆过的“生肖雪人”里，猴子和羊比预想中要难，而最难的恐怕要数龙了。当然，这些雪人不会堆得和真正的动物一样大，基本都是和猫差不多大。多亏天气寒冷，大槻才能仔细处理它们身上的细节。他觉得今年的生肖雪人身上那根打着卷儿上翘的尾巴做得相当不错，不过反正没人会夸，做得好不好都无所谓了。

大槻点击相机屏幕上的按钮，切换成列表视图，一大堆照片顿时呈方格状排列在屏幕上。手指向下划动，过去的照片纷纷从屏幕上方出现。划到几天前——划到几周前——几个月前——半年前——一年前。

大槻的手指停住了。

其中一个方格内显示的，是昏暗背景中身形格外清晰的一名少女。

她身穿呢绒外套，胸前缝着的白熊图案高举双爪。她似乎还不知道接下来将要发生的事情。

——你在这里干什么？

——我在祈祷。

——祈祷什么？

（三）

第二天下午，桃花在鹤丽盘山公路的终点走下公交车。

公交车站旁边有一家商店，可能是昨晚刮起大风的缘故，不少落叶都被吹到了墙角。一名穿着工作围裙的店员正忙着将地上的落叶扫到一起。他的动作有些生疏，长相像是大学生，估计只是在这里打工的。

只见他右手握着一把竹扫帚，左手持着竹簸箕。

他是否知道自己使用的工具学名叫作竹簸箕呢？桃花生在农户家，所以她知道这种用来装垃圾的竹编工具的名字。父母在清扫落叶，以及搬运固体肥料的时候经常会用到它。

父亲曾经告诉桃花，箕冰市的“箕”正是簸箕的“箕”。

在寒冷的清晨，簸箕上总是布满霜花。竹子表面光滑，早霜会在簸箕上凝成一层美丽的结晶，让簸箕显得像是被冻结住一样。箕冰这个地名或许正是由来于此。当然不只是簸箕，竹扫把的扫把杆也十分光滑，在寒冷的清晨同样会覆盖一层美丽的霜花。不过“扫帚冰市”这个叫法实在是不怎么好听。

绕到正面，桃花推开玻璃门走进店里。除了一位小波浪发型的女士在本地蔬菜专区挑选白菜以外，没有其他顾客。桃花买了一瓶奶茶热饮，随即离开商店。她把塑料瓶塞进羽绒服里，穿过盘山公路去到了道路另一侧。

来到一块写着“明神瀑布←”的立牌跟前，桃花看到一条昏暗而狭窄、两侧布满树木的小路。沿着这条几乎没有任何陡坡的小路步行大约两公里后，便抵达了明神瀑布。

“我要去尽孝了。”

映着母亲背影的照片。

“有点希望，又不太希望和泰利熊老师一起回家（笑）。”

泰利熊老师的特写。

“是否相信，取决于你自己（笑）。”

登山小路的入口。

一年前的昨天，绯里花自言自语般地在社交平台上发布了这三条带有照片的动态。不，这分明就是她的自言自语，毕竟小号的意义就在于此。学校的一些朋友在社交平台上也有小号，基本都是用来发这种“自言自语”的。他们当然不会把账号名告诉桃花，桃花也不会去问，所以不知道他们具体写过些什么。

姐姐会在社交平台上发布这些自言自语，究竟是单纯觉得自己即将要做的充满仪式感的行为比较有趣，还是为了记录下这种充满仪式感的行为呢？

无论如何，多亏这些动态，桃花得知了姐姐的去向。昨天桃花反复思考了不下一两百次，但每次得出的都是相同的结论。

绯里花在那天，应该是去明神瀑布许愿了。而且是带着自己从小到大最宝贝的“泰利熊老师”。

向着明神瀑布祈祷，神明就会帮忙实现愿望，但条件是献出自己最宝贵的东西。这段传说在小学生中相当流行，但到了初中就鲜少被提及，到了高中更是几乎没有听说过了。

“我要去尽孝了。”

在母亲乳房里发现的肿瘤，预定要在去年一月中旬，也就是冬季牡丹节结束后做手术摘除。尽管父母不愿明说，但从他们的神情里，多少能察觉到母亲右胸里的肿瘤应该是恶性的。而这也是在绯里花失踪后母亲想要取消手术的时候，桃花和父亲坚决不同意的缘故。

桃花不知道姐姐究竟有多认真，但至少她相信，或者说是想去相信明神瀑布的传说。她希望神明能实现自己的愿望，她许愿母亲的病能够痊愈，许愿手术能够成功，即使代价是失去自己最宝贵的“泰利熊老师”。

“泰利熊老师”对姐姐来说可不仅仅是普通的布偶而已。在她小学二年级时，全家人一起去逛百货商场，一向懂事的姐姐罕见地缠着父母买下了一只小熊布偶，从此它就一直陪伴在姐姐身边。平时姐姐总是让它坐在床边，但她在一楼的时候，会特地把它带下去放在自己腿上。由于总是和“泰利熊老师”黏在一起，母亲有一次对姐姐开玩笑说“等你长大后就忘掉它了”，还是小学生的姐姐当时只是随意地笑了笑，但背地里却伤心大哭。或许光是想到深深喜爱的“泰利熊老师”有一天会离开自己，都会令她无法接受。

“有点希望，又不太希望和泰利熊老师一起回家（笑）。”

绯里花当时的想法究竟是什么？她一定是觉得向明神瀑布祈祷后，神明便会出现，继而将泰利熊老师夺走。或者在祈祷后回家的路上，泰利熊老师会在不知不觉中消失——无论怎样，如果泰利熊老师真的离开了她，姐姐一定会十分难过吧。因为对于姐姐来说，那只布偶承载了太多的回忆，也是她最宝贵的物品，以致母亲光是开个玩笑都能令她伤心流泪。但如今为了能让母亲的手术顺利进行，她甚至不惜与泰利熊老师分别，把它带到了明神瀑布。

当然，这一切都只是桃花的猜测。

桃花还没把发现姐姐社交平台上的小号的事告诉父母，因为暂时说不出口。自己的猜测还不清楚是否正确，如果贸然告诉母亲，她一定会感到自责。

通往明神瀑布的小路略显蜿蜒，延伸向深山处。前几天下的雪在路边与泥土混杂在一起。每当冬日降临，桃花都会庆幸箕冰市不是一片多雪的土地。这里本就寒冷，要是再下很多雪，就会蓄在地面久久不化，让城市更加冰冷，也让春天更加遥遥无期。

前方已经可以看到观瀑台了。金属台阶在前方和左侧各有一段，虽然在这里看不见，但在观瀑台背面应该还有一段略窄的楼梯。前方的台阶是为从鹤丽盘山公路过来的游客准备的；左侧的楼梯是为从登山小路过来的游客准备的；从背面的楼梯走下观瀑台，最终也会回到登山小路上去，不过途中会遇到一间小屋。

绯里花失踪那天晚上，当桃花与父母三人一同呼唤着姐姐的名字在鹤丽山上攀登的过程中，曾经看到过那间小屋的门口站着一个人。那个人背光站着，但能看出是个小个子的驼背。当时他正与搜寻姐姐的一名警察交谈。当父亲走近后，警察转过身来，带着遗憾的表情摇摇头。他应该是正在向那间小屋的主人询问是否见到过绯里花。

桃花走上观瀑台。尽管运动鞋的鞋底并不坚硬，但依旧在金属台阶上“铿铿”作响。被水打湿的岩石与冰块的味道混杂在一起——这味道并不是用鼻子，而是用皮肤感觉到的。先前被树木挡住的视野右侧正中突然出现一大片冰块——寂静无声的明神瀑布，此时仿佛一座古老的遗迹矗立着，连旁边的岩壁上也隐约可见片片白色。

一年前的昨天，绯里花来的就是这个地方吗？

尽管已经驻足，却依旧听到台阶发出的声响。声音在岩石与冰瀑间回荡，让桃花分不清它究竟来自何方。回头望望身后，发现刚刚爬过的台阶上空无一人。而在瀑布正面，通向登山小路的台阶上也没有人。桃花适当挪了挪位置，向观瀑台背面那段狭窄的台阶望去，看到一个穿着棕色皮夹克与工装裤的男人背影。走下台阶后，他又沿着山路向前走去。那不正是绯里花失踪那天晚上，在小屋门口与警察交谈的那个人吗？

“打扰一下。”

桃花轻轻唤了一声，但对方并未回头，而是继续迈步向前。桃花一边犹豫着要不要喊得大声点，一边向他背后跟去。当她走下台阶，沿着下过雪的小路前进时，对方突然停下脚步，蹲下身子，把挂在脖子上的相机贴到脸上。

“打扰一下。”

桃花又喊了一声。那人先是对着山路侧面按了下快门，随后缓缓转过头来。

“您是住在那里吗？”

桃花指着前面不远处的小屋问道。那是一栋长方形木屋，尽管没有一般规格的平房那么大，但看上去也和桃花家的二楼面积差不多了。

“我是那儿的管理员。”

对方望着桃花，瞳孔仿佛聚焦般迅速收缩。

“不好意思，想请教一件事，或者说我正在调查一件事……一年前有个叫小泽绯里花的女孩失踪了，我是她的妹妹。”

对方略微张了张薄薄的嘴唇，但没说出话来。

“姐姐失踪那天可能来过瀑布这边，我想问问您是否知道些什么——”

“进屋说话吧。”

男子瞥开视线，将面孔转向小屋那边。

“这里很冷。”

在前往小屋的这段路上，桃花了解到这是一处几乎已经无人使用的“避难屋”，还得知这位管理员姓“大槻”。他在这间小屋里独自生活了将近三十年，兴趣是用相机拍照。这些事情并不是桃花询问得知的，而是对方主动告诉她的。

房门上用图钉钉着一张皱巴巴的纸，上面用油性笔写着“稍后就回”。大槻用熟悉的手法拔出图钉，桃花发现门上的钉痕非常清晰，或许是因为大槻总把图钉插在同一个地方。

“请进。”

大槻指了指门。房门右侧有一个小小的雪人，左侧则是一只雪塑的老鼠。可爱的雪人让桃花的心情顿时放松下来，她打开房门走进了小屋。

“屋里有地炉[1]，不嫌弃的话就用吧。”

大槻在她身后关门，把刚才那张纸用图钉钉在门厅处的墙上。旁边还有一个挂钩，他从脖子上摘下相机挂了上去。

随后大槻站在门口处没有动，桃花只得先走进房间，

1 原文为“炬燵（こたつ）”。日本居家取暖用具，分现代式与传统式，此处为传统式。在地面上挖出数十厘米深的坑，中心使用炭炉、煤油炉或电炉取暖，暖炉上方有桌板，可供放置物品。

把脚伸进房间正中的地炉里。这里看上去像是客厅，墙上挂着电视，旁边是一面书架，上面摆着些没包书皮的漫画，还有诸如《箕冰城市史》《冬牡丹的邀请》等光看书名就觉得晦涩难懂的书。这些书看上去相当老旧，大多数的书脊都褪了颜色。至于那些漫画书的书名，桃花更是听都没听说过。

对面墙上有两扇门，但都是关着的，让桃花分不清这栋小屋的构造。地板上铺着厚厚的浅棕色地毯，地炉边和两扇门边破破烂烂的，而且褪色严重，应该是经常被人踩踏的缘故吧。

“喝茶吗？”

“没关系，我自己有。”

桃花想到自己揣进羽绒服里的那瓶奶茶，于是掏出来放在地炉桌面上，然后脱下羽绒服随手一卷放在身侧。大槻原本要走过来，但又停下脚步，似乎想到了什么。

“要吃冰激凌吗？”

“啊，麻烦您了。”

桃花下意识地回了一句。冬天在山里吃冰激凌是个奇怪的提议，不过她确实还蛮想吃的，可能是因为室外的空气过于干燥，而这间小屋里的暖气又开得特别旺。

“我去拿来。”

大槻向房间深处走去。那边似乎是一个宽敞的厨房，装有大号的水槽与厨台，最内侧的墙上是一面带有许多断路器的配电盘。或许是老式型号吧，它看上去与桃花家里的不太一样。墙角还放着一台巨大的冰箱，看上去像是商用的。大槻走到银色的冰箱前，打开两扇门当中的一扇，里面冒出的白雾顿时淹没了他的后背。桃花这才意识到那并不是冰箱，而是一个冰柜。冰柜门关闭后，雾气也随之消散。她注意到大槻的手上变魔术似的多出了一个纸杯包装的香草冰激凌。

“我父亲还是管理员的时候就在用它，已经用很久了。”

大槻注意到桃花的目光。

“过去没有盘山公路的时候，我们会在山脚下一次性购买许多食物，然后放到里面冻着。毕竟住这儿不如城里人去超市那么方便。”

他把冰激凌和一起拿来的小勺放在地炉的桌面上——就在这时，一阵陌生的体味传来，它并非那种许久没洗过澡或是汗臭的味道，而是仿佛将整座大山浓缩过后的一种特殊的味道。

“请用。”

道谢后揭开纸盖，桃花拿起小勺想挖出一勺冰激凌，可是冻得太硬，勺子插不进去，于是她决定等冰激凌稍稍化软一些再吃。抬起头来，看到大槻已经坐在对面，正直勾勾地望着她。

“然后呢？你是为了姐姐来的？”

大槻的下眼皮耷拉得厉害，湿润的眼皮内侧和眼球简直像是粘在一起的。

“是的……去年她失踪的那天可能来过明神瀑布。一月八日，正好是一年前的昨天。”

“是有人看到她来过这边？”

“不是的。我找到了姐姐当时拍的照片，看过之后，我觉得她可能是来明神瀑布了……”

桃花想尽量避免谈及细节。

“你姐姐来瀑布这边干什么？”

“我猜她是来许愿的。”

透露这些应该还是没问题的。

“不是有这样一个传说吗？过去有个人在毒蛇的威胁下拯救了村庄。据说现在也是，只要向着明神瀑布许愿，神明就会帮忙实现愿望。”

“不过代价是那个人要付出自己最宝贵的东西。”

“是的，所以我猜姐姐是不是也想来这儿许愿。你是这间小屋的管理员，会不会看到过什么，或是记得什么与她有关的事——”

桃花问出了这句话。

然而在与大槻交流的过程中，桃花觉得他对绯里花的失踪不像有什么头绪的样子。回头想想，要是他知道些什么消息，估计早就告诉警察，而父母也早就该得知了。

“你的姐姐是有什么愿望，想让神明帮助她实现吗？”

“可能是……跟家里有点关系。”

桃花一边含糊其词地回答着，一边用小勺戳向冰激凌。这次稍微挖出了一些，于是她将冰激凌送入口中。尽管只有一丁点，但甘甜的味道还是迅速蔓延到喉咙深处。

“但我也不知道姐姐想许的愿望到底是什么——”

相对于脸庞来说，大槻的眼睛显得有点小，此刻它正盯着地炉的桌面。

“我觉得还是不要随便向那条瀑布许愿会比较好。”

“咦，为什么这么说？”

“我过世的父亲说过……”

大槻扭头望向墙壁，那边正是明神瀑布的方向。直到进屋后他都没有脱掉身上的皮夹克，拉链一直拉到脖子处，让他显得像个逼真的人偶。

“过去，明神瀑布其实并不叫这个名字。”

桃花不懂这句话是什么意思。

“似乎是同音不同字。如今写作‘光明’‘神明’的‘ming’，在过去其实是别的字。原本‘明神’就是对神的尊称，类似于‘大神’这样的说法。例如将春日神称作春日明神，将稻荷神称作稻荷明神。日本各处都有‘明神温泉’‘明神池’这样的地方，但实际上这种称呼是错误的。”

突然听到这些晦涩难懂的知识，桃花有些不知所措。大槻转过身来，抬起右手，用干燥的指尖在地炉的桌面上写下了“冥”这个字。尽管桃花认识这个字，但恐怕从没写过，多半也没法立刻想起它要在什么情况下使用。

“这个字的意思是‘昏暗’。明神瀑布的‘ming’字，原本应该是这样写的。”

也就是说，应该是“冥神瀑布”才对吗？

“这个字也有‘阴间’的意思。也就是说，寄宿在瀑布里的神灵是阴间的神灵。”

“……那是个恶神吗？”

然而大槻摇了摇头。

“名字只能代表字面意义本身。要怪的话，就只能怪那些不明真相却还来到这里的人。”

尽管勉强能理解这句话，可是他究竟想表达什么？听上去简直像是在责怪来这里许愿的姐姐一样。不对，他无疑就是在责怪吧。

“我父亲说，过去的人们都是知道的。寄宿在瀑布里的是阴间的神明，那个帮助村庄摆脱毒蛇威胁的年轻人当然也知道。瀑布里的神明会以实现愿望为条件，剥夺他们拥有的**某样事物**。”

在大槻说话间，桃花只是呆呆地望着他的嘴唇张合。

“瀑布里的神明会以实现愿望为条件，剥夺许愿之人的生命。神话里的说法是——在年轻人向神明许愿后，毒蛇就从村庄里消失了，代价是他最宝贵的牡丹最终全部枯萎。然而那并非真正的结局。神明消灭毒蛇的条件，其实是索要年轻人的生命。之所以他养的牡丹全部枯萎，不过是因为再也没有人照顾它们了。”

翻来覆去讲了半天，他想说的就是姐姐已经死了？这就是他讲出这个故事的原因？屋里的暖气明明开得很足，桃花的胸口却冰冷得像要冻僵一般。纸杯里的冰激凌开始融化，她在上面挖过的小坑渐渐失去了原有的形状。

“一年前我姐姐失踪那天的事，你真的什么也不知道？”

桃花的喉咙紧巴巴的，声音也变得嘶哑。大槻低着头若有所思，片刻过后摇了摇头，然而嘴角附近的法令纹却忽然变得清晰，这让他脸上的表情显得有些阴森，看上去宛如微笑一般。

桃花的心里顿时充满了悲伤。不知不觉中，她抓起了放在身边的羽绒服——她突然有些搞不清自己来这儿的目的了。

“对不起，打扰了。”

桃花躬了躬身，随即站起身来。尽管大槻拿来的冰激凌她只吃了一口，内心有些歉疚，但她还是径直走向门口。突然想到放在地炉桌面上的奶茶忘了带走，但她也没回头去取，而是把脚伸进门口的运动鞋里。

“不好意思，没能帮上忙。”

站在她身旁的大槻从挂钩上取下数码相机，又将写着“稍后就回”的留言条连着图钉一同取下，抢在桃花前面走出门去。

“我送你一段吧。”

“没关系，我是从盘山公路那边来的。”

然而冬天日短。望向门外，日头已经落得很低，树木枝叶的轮廓也有些模糊了。

“就当是散步了，我不远送。”

大槻把门关上，把手中的留言条钉在门上的老地方。桃花不知该如何作答，只是含糊地摇了摇头。就在此时，门口左侧的雪鼠映入眼帘。

“是因为无聊才堆的。”

注意到桃花的视线，大槻轻轻说了一句。

“但是……很可爱呢。”

说出这句真心话后，桃花心中的悲伤平淡了些。她低着头，背对小屋向山路走去，大槻的脚步声从背后传来。

（四）

当大槻回到小屋时，天色已近黄昏。

他把写着“稍后就回”的那张纸连同图钉一同取下，钉在门厅墙上，随后又从脖子上摘下数码相机挂在挂钩上，不过这次出门并没有什么可拍的。

大槻也很好奇，为什么自己离开小屋的时候从来不锁门呢？明明这间小屋里放着绝对不能让外人看见的东西。一旦被人发现，自己的人生恐怕也会就此完结。

他望着挂在墙上微微摇晃的数码相机。一年前的某个夜晚，他给一名少女拍摄的照片如今依然保存在里面。至于为什么会这样，就连大槻自己也百思不得其解。

——你在这里干什么？

——我在祈祷。

——祈祷什么？

把脚伸进地炉里，大槻用遥控器打开了面前的电视。常看的地方台里正在播放节目，只见一位手持话筒的年轻女记者正走在市内的体育公园里。公园内灯光明亮，贴着内墙的地方竖着许许多多的方形帐篷，人们似乎正在紧张筹备着两天后即将召开的冬季牡丹节。或许是为了凸显牡丹花的颜色，所有的帐篷都是白色的。记者将话筒对准了一位正忙着将商品摆上摊位的男性牡丹花农，假惺惺地夸了几句他摆出来的盆栽。

“这些都是为了牡丹节精心培育出来的。”

说话的时候，男子既没停下手中的活儿，也没有看向摄像头。

“我要做的就是把该做的活儿都做好——”

“今年应该也会有很多游客到来——”

“哪儿来那么多游客啊。”

男子尴尬地笑了笑，女记者立即离开帐篷，对着摄像头独自讲了起来：

“据说牡丹是一种从中国引进的花卉。自八世纪起，日本开始种植牡丹。箕冰市大规模种植牡丹的历史同样十分悠久，与此同时，牡丹也是箕冰市的市花。这里的冬牡丹尤为著名，每年都会有大量游客从全国各地赶来，参加这里举办的冬季牡丹节。”

只见她夸张地睁大双眼，滔滔不绝地讲着和刚才那名男子完全矛盾的话语。大槻非常清楚她接下来要说什么，因为每年这个时候，当地电视台播放的基本都是相同的节目。

“那么接下来，让我来为大家介绍一些关于冬牡丹的冷知识。可能许多人都认为冬牡丹原本就是冬季开花的品种，然而并不是这样的——”

她从屏幕外接过一盆冬牡丹，继而将它凑到摄像机镜头前。那是一株直径约十厘米的桃红色牡丹。

“牡丹的花期一般在四月到五月，在冬季原本是会枯萎的。但花农使用稻草篷为土壤保温，让牡丹误以为是其他季节，因此大幅改变了花期。”

那是早该枯萎的花。

原本不应盛开的花。

“据说这种培育方法也并非源自日本，而是中国。传说中国唐朝的女皇对宫廷园艺师下令，要让牡丹在冬天开花，由此而诞生了催花技术。这种技术后来传到日本，于是冬牡丹便能在百花凋零的季节里绽放出美丽的花朵了。”

惜哉最是冬牡丹，此花开后更无花。

这首俳句应该是正冈子规[1]所写的。记得还是学生的时候，自己在父亲的书里读到过它。的确，在这个季节里除了冬牡丹以外，几乎没有其他花卉盛开。等到冬牡丹也凋零，剩下的就只有阴郁的冬景了。

“正如节目开头介绍的那样，今年箕冰市的明神瀑布又一次完全冻结。在今年的三天小长假里，我们欢迎屏幕前的各位游客光临箕冰市，尽情欣赏壮丽的冰瀑，也欢迎大家来参加在市体育公园举办的冬季牡丹节。”

“大槻老哥，在吗？”

有人敲了敲门。

大槻含糊地应了一声，房门被人拉开，隈岛的国字脸

1　正冈子规（1867—1902），日本俳人，明治时代的文学宗匠，代表作有小说《月亮的都城》《花枕》《曼珠沙华》等。

探了进来。

“方便打扰一会儿吗？本来想趁着天亮下山，但刚才找人问话，问着问着天就黑了，就先不急着撤，打算和你聊一会儿再回所里。”

“那就进吧。”

“谢嘞。”

隈岛摘下手套，用汗毛浓密的手拉开羽绒服的拉链，把脚伸进地炉里面。这种事已经不是第一次了，黄昏过后，隈岛偶尔便会来访，坐下来和大槻随便聊上几句，过会儿再起身离开回派出所。

“后天就是牡丹节了啊。”

隈岛猫下腰，把双手也插进地炉里，继而望向电视。画面里已经没有那个记者了，在从右至左缓缓移动的镜头里，只能看到“牡丹节咨询处”几个白色大字。孩子们微弱的歌声传来，应该是体育公园里的广播放出来的。隈岛跟着哼唱起来，音调居然与孩子们所唱的分毫不差。

“jīn——nián——de——mǔ——dan——zhēn——piào——liang”

这首歌叫作《今年的牡丹真漂亮》，是一首略显伤感的民谣。它的旋律与《嘎啦嘎啦不停转》[1]有点类似。尽管不知道是起源于哪里的歌谣，但它在热衷种植牡丹的箕冰市一直被广为传唱。大槻也从小就熟悉这首歌：

绕啊绕啊绕着耳朵，咣咣咣。

绕啊绕啊再来一遍，咣咣咣。

“隈岛老弟，你们这辈儿人也听过这个？”

“上幼儿园和小学那会儿就学过了。当时总是和小朋友们手拉手围成一个圈，唱到‘咣咣咣’的时候我总是假装要脱裤子光屁股，因为这个还被老师骂过，我哥也因为这个被骂过。”

隈岛有个哥哥，听说在外地当刑警，但在几年前殉职了。不知道隈岛成为警察是在这之前还是之后，又是否与哥哥的殉职有关。大槻没有问过，因此并不知情。

“‘咣咣咣’其实并不是脱光光的意思，而是敲打太鼓所发出的‘咣咣’声。”

“原来是这样啊，你这么一说我才知道。”

1　原文为“**ずいずいずっころばし**”。一首在日本流传已久的童谣，通常儿童在做游戏的时候齐唱。

电视里依然反复播放着单调的旋律：

今年的牡丹真漂亮。
绕啊绕啊绕着耳朵，咣咣咣。
绕啊绕啊再来一遍，咣咣咣。

“唱完歌后还会玩短剧一样的游戏，对，就是那个。”

隈岛听着电视里的声音。歌曲结束后，一阵童声的对话传来。听上去是其中一个孩子扮演鬼在说话，其他孩子则是齐声说话：

鬼：把门开开，让我进来。
孩子们：不行不行，不许进来。
鬼：为啥为啥，为啥不许进来？
孩子们：你有尾巴，不许进来。
鬼：尾巴砍掉，让我进来。
孩子们：流好多血，不许进来。
鬼：河边洗净，让我进来。
孩子们：会有河童，不许进来。
鬼：扁担揍你，让你不开。

孩子们：把门打开，让你进来。

说完台词，孩子们会把刚才的歌再唱一遍。

齐唱过几遍后，扮演鬼的那个孩了会说“我该回去了”。

所有人：那就再见啦。

说完这句话后，孩子们会相互行礼。然而就在这时，游戏会发生奇怪的变化。原本扮鬼的孩子走出了其他孩子围成的圈子，但其他孩子会突然异口同声地对他大声喊道——

孩子们：在你身后有条蛇！

鬼：是我吗？

孩子们：不是哦！

扮演鬼的孩子继续往前走去，其他孩子再次一起大喊——

孩子们：在你身后有条蛇！

鬼：是我吗？

孩子们：不是哦！

就这样重复几遍后，孩子们的台词突然有了变化：

孩子们：在你身后有条蛇！

鬼：是我吗？

孩子们：对！

“然后鬼就会开始捉人，对吧？”

隈岛抚着下巴，像是被勾起了回忆。当孩子们喊出“对”的时候，所有人都背对着“鬼”逃跑，而“鬼”则开始捉人。被捉住的孩子会成为下一个“鬼”，游戏也会重新开始。与其说是童谣，其实它更贴近于一种捉人游戏。

电视里传出的童声略去了鬼捉人的部分，沉默片刻过后，那首歌又从最初的部分放起了。

“要吃冰激凌吗？”

“那我不客气了，谢谢。”

大槻迈出地炉来到厨房，拉开冰柜门。回头望去，只见隈岛在地炉的桌面上支着胳膊托着腮，依然望着电视屏幕里“牡丹节咨询处”那几个白色大字。

“昨天那些人，问出什么消息了吗？”

“哪些人？”

“就是白天咱们在观瀑台上聊天时遇见的那些女人。隈岛老弟你不是去问她们关于失踪案的事儿来着？”

“唉，什么也没问出来。她们都是第一次来箕冰市，虽然对那起失踪案有印象，但不知道是在这里发生的。毕竟全国每年都有差不多八万人失踪……哇，看着就很好吃。”

刚才的频道似乎更换了节目，现在画面里是一盆热气腾腾的火锅。用的食材是野猪肉，做的是牡丹锅[1]。

“老实说，我还从来没有吃过牡丹锅呢，大榥老哥你吃过吗？”

“冬天特别冷的时候，母亲有时会给我做。”

过去母亲总是会从这台冰柜里拿出一大块野猪肉放在厨台上。当她在一旁切着蘑菇与蔬菜的时候，猪肉也会渐渐融化，渗出血来。那个时候的大榥就坐在如今隈岛所坐的地方望着母亲下厨，父亲则是坐在正对着电视机的位置一边喝酒，一边等待火锅上桌。大榥多希望父亲能去帮帮母亲的忙，但即便是他自己，也只是茫然地望着母亲干活而已。

1　日本火锅料理，通常以野猪肉为主要食材，外加蘑菇、芋头、豆腐等制成，由于食材摆在餐具里的样子酷似牡丹花而得名。

“妈一直都没联络过家里？”

“没联络过，我也不抱什么希望。”

那是二十九年前的事了。

当时正是年末。那一天，平时住在印刷厂宿舍的大槻回到小屋，发现只有父亲一个人在喝酒。

——妈呢？

——不在。

——她去哪儿了？

父亲没有回答，只是摇了摇头。

大槻追问到底怎么回事，但父亲回答得牛头不对马嘴，光是在大口喝酒的间隙嘀咕着“我怎么怎么样”之类晦涩难懂的话。不一会儿，他的身子开始摇晃，最后趴在地炉的桌子上睡着了。大槻不清楚发生了什么，他吐着白色的哈气在附近的山路上寻找母亲，但最终也没能找到。当百思不得其解的大槻回到小屋时，他发现父亲已经醒了，依旧坐在地炉旁边。

——你妈已经不在了。

他的眼睛仿佛鸽眼一般不知道在望向哪里。但那不是因为眼睛睁得太大，而是因为黑眼仁急剧收缩。

——为什么？

——可能是……不喜欢这里吧。

母亲突然失踪，但大槻却不知道该找谁商量。尽管已经在公司宿舍里住了好几年，但能称得上朋友的人却一个都没有。至于亲戚，大槻更是一个也不认识。父亲与亲戚们的关系并不融洽，早在他成为避难屋管理员之前就和亲戚们断绝了所有关系。至于母亲的亲戚关系，更是听都没听说过。大槻只知道父亲是在鹤丽山与母亲相识后结婚的，但关于相识的细节，大槻就一无所知了。其实这个问题他在小时候问过许多遍，但每次询问的时候父母都会突然沉默，气氛也会变得冰冷而紧张。大槻记得每当自己在学校图书室里读到雪女的故事时，不知不觉间总会将对雪女的印象与对母亲的印象重叠在一起。难道自己是妖怪的孩子？他不禁望了望自己的双手。等到长大一些，用更加现实的方式思考后，大槻猜想母亲或许是在绝境中被父亲救下来的。只不过真正的情况他依旧不得而知。

母亲失踪一周后，大槻说服父亲，两人一同到箕冰派出所提出了寻人申请。然而或许是警方对成年人的失踪不够重视，大槻与父亲后来始终没接到过通知。

“大槻老哥……关于‘鹤丽山’名字来源的故事，搞不好是真的呢。”

目光停留在电视上，隈岛突然心不在焉地冒出这么一句：

“就是你之前给我讲过的那个故事。”

“‘隐之山[1]’的故事？”

这个故事也是大槻的父亲过去讲给他的。正如“明神瀑布”是“冥神瀑布”一样，鹤丽山的“鹤丽”，其实原本也是“隐”字。隐去，也就是死。寄宿在瀑布中那位来自阴间的神明以实现愿望为条件，不断夺走人们的性命，因此后来这座山就被称为隐之山。

“是啊，这座山又没多大，居然有两个人在这儿失踪。”

隈岛颓丧地笑了笑，他很少露出这样的表情。

“其实我也不清楚这个名字到底是怎么来的。”

大槻拿出一盒香草冰激凌，随即关上冰柜门。

“不过话说回来……如果真的是神明把人给带走，我们警察就没必要继续调查下去了。”

“像是传说、流言之类，都是人们编出来的。”

然而在父亲讲过的故事里，只有一个显得格外真实，那便是“箕冰市”这个名字的来源。一般来说，箕冰市的名

1　“隐之山”（**かくれさん**）与鹤丽山（**かくれいさん**）日文读音相近。

字源于在寒冷的清晨，簸箕上面会结上一层白色的霜花，看上去就像结冰了一样。然而父亲说其实并非如此，真正的原因是过于寒冷，连身体都会被冻住，所以这里其实是叫作“结冰市”。

在这片寒冷到连瀑布都会结冰的土地上，生物自然也会结冰。活着的时候自然还好，但在冬天死去的生物，则会保持着原有的模样被冻结。生活在这座山里，大槻已经多次见识过这样的场景了。他看过清理山路的工作人员在操控挖掘机时挖出一条正在冬眠的蛇，挖出来的时候它的身体已经断成两截，两边都冻得牢牢的。他还在观瀑台附近的灌木丛下看到过一只白霜盖满全身，像冰雕一样躺在地上的雌山鸡。死去的生物在冰点之下的气温里连骨头都会被冻结，变成一尊缄默而洁白的雕像。无论是那条在冬眠中被挖出来的蛇，还是那只张大嘴巴显得十分痛苦的野鸡，又或者是那个在观瀑台上像毛虫一样剧烈扭动着身体的少女。

不对——

刚想回到地炉那边，大槻突然停了下来。

他望着右手上装着香草冰激凌的纸杯，发现手指用力的地方微微凹了进去。

（五）

一年前踏上这条山路的时候，父亲和母亲都在身边。

那天晚上，桃花与父母，还有警察、消防队的搜救员们一同走在漆黑的登山小路上。人们一边高声呼唤着绯里花的名字，一边用手电筒向灌木和树丛中照射。

树木的枝杈在头顶杂乱交错，天空本就有些阴郁，又被它们遮挡住了不少。耳中能听到的，就只有脚上的羊毛靴踏在坚硬土地上的声音，以及自己有些紊乱的呼吸声。泰利熊老师已经在登山包里无声地颠簸了很久，她们离明神瀑布究竟还有多远？从登山小路的入口处向上攀登，桃花已经一刻不停地走了好一会儿。明明脸蛋冷得像要被冻住一样，呢绒外套里面却还微微出了些汗。

——我觉得还是不要随便向那条瀑布许愿会比较好。

昨天傍晚人槻送自己去盘山公路的时候，桃花满脑子想的都是坐在地炉边时大槻给她讲的故事。

——瀑布里的神明会以实现愿望为条件，剥夺许愿之人的生命。

这种事当然不可能发生，姐姐一定还活在某处。然而越是这样坚信，“那她究竟在哪儿”这个问题就越是在桃花脑中挥之不去。一年前，绯里花究竟去了哪里？她当时究竟在想什么？自己究竟要怎么做，才能些微猜测到姐姐的想法和行动呢？

一晚过后，桃花在学校谎称身体不适，上午就离校了。父母已经去会场准备牡丹节了，家中空无一人。桃花先是在静悄悄的家里待了一阵子，下午一点多，桃花背起装着泰利熊老师的登山包骑上了自行车。而这正是桃花所推测的，绯里花在一年前离开家门的时刻。

将近下午两点，桃花骑着自行车抵达鹤丽山，来到了“银杏树妖”附近。姐姐在这里更新“是否相信，取决于你自己（笑）”那条动态的时间是一点五十八分，时间完全吻合。桃花将自行车留在登山小道的入口处，随即开始登山。此时她正行走在登山的路上。

这样做或许毫无意义。

但如果不试试，又怎么能知道呢？

前方出现一个岔路口，向右走就能到达明神瀑布。看了眼手机，时间是三点二十七分。在一年前，绯里花也是在相近的时间来到了这里吗？

离太阳落山只剩一个多小时。桃花一心想着重现绯里花的行动，却忘记了冬天的太阳落得早。等到回家的时候，路上恐怕已经漆黑一片了吧。尽管心里越来越惴惴不安，但她依旧没有后悔。诚然，下午一点过后才出家门，再沿着登山小路走到明神瀑布，那么在回家之前太阳一定会落山。只不过直到现在，桃花才意识到这个再明白不过的事实。

那天的同一时刻，绯里花应该在比自己靠后的地方。尽管姐姐比自己高一些，但运动天赋却是桃花更好。在幼儿园和小学里玩“今年的牡丹真漂亮”时，差不多每玩两次姐姐就要当一次“鬼”，但桃花却很少会被朋友抓住。去市区里玩的时候，姐姐总是走着走着就被桃花落在后头。要是在山路上，姐姐一定走得更慢。

想到这里，桃花刻意放慢了脚步。

听着耳后的血管嗵嗵作响，桃花向右走上了通往明神瀑布的岔道。尽管周围都是树木和泥土，却闻不见它们的味道，或许是连味道都被冻住了吧。能够感受到的，只有寒气将鼻腔刺得生疼。转过几个急弯，便能听到小树林对面有微弱的声音传来。随后山路由弯变直，观瀑台与冻结住的瀑布也出现在前方。似乎有一家三口正在台上观景。那对父母看上去比桃花的父母要年轻一些，还有一个看上去在上小学高年级的男孩。三人应该是打算回去了，这会儿正一边回头望着冰瀑，一边向观瀑台的台阶走去。既然走的是右侧而不是这边的台阶，说明他们要去的应该是盘山公路的方向。可能是将私家车停在了商店的停车场内，也有可能是像桃花昨天那样坐公交车来的。

等到桃花登上观瀑台后，一家三口的声音已经渐渐远去。

在空无一人的观瀑台上继续前进，桃花来到护栏旁边。瀑布下面的潭水黑黢黢的，水面漂浮着一些落叶。在对面大约十米处，就是洁白的、已经彻底静止的明神瀑布。桃花蹲下身子，从登山包里拿出泰利熊老师。尽管这样，她依旧不知道接下来该怎么做。绯里花去年来到这里究竟打算做什么，而她实际又做了什么呢？她是在这里许愿母亲的手术能够成功，然后将泰利熊老师扔进下面的水潭里了吗？所以泰利熊老师才会沿着御光川漂到下游，最后在河滩上被人发现？

“有点希望，又不太希望和泰利熊老师一起回家（笑）。”

看来在这儿，还是做一些超自然方面的想象会比较合理。

桃花把登山包放在观瀑台上，又将泰利熊老师放在背包上。让泰利熊老师向前伸出两条短短的腿，隔着没有镜片的圆框眼镜望着明神瀑布。

维持着下蹲的姿势，桃花摘下手套放在膝盖上。

随后她将双手的手指交叉在一起，闭上双眼，摆出一个祈祷的姿势。

“希望母亲的手术能够成功。”

桃花低声说出了去年姐姐在这里许愿时可能说过的话。声音在冰冷的空气中越传越远，想必也传到了面前的冰瀑那边。不过去年瀑布没有结冰，绯里花祈祷的声音或许会消失在瀑布的水声中。

“希望能够找到姐姐。”

这次低声说出的，是桃花自己的愿望。即使不是很快找到也没关系，即使是一年后、两年后找到也没关系。如果瀑布里真的寄宿着神明，就请帮我实现这个愿望吧。

可是自己究竟要付出什么代价呢？如今放在这里的泰利熊老师是姐姐而非桃花最宝贵的东西。对自己来说，最宝贵的东西究竟是什么呢？

轻轻睁开眼睛，四周的景色比闭眼之前更加暗淡。天空中罩着一层薄薄的阴云，因此看不清太阳的位置。不过可以确定的是，太阳肯定就快要落山了。想沿着登山小道回到山脚，恐怕已经不太可能。

但也不是没有其他办法。沿着那条狭窄的小路能够从这儿走到鹤丽盘山公路的尽头，在那里乘坐公交车也能回家。尽管自行车还停在“银杏树妖”旁边，但明天去取也没关系。于是桃花将泰利熊老师放回登山包内，随即站起身来。

突然在视野下方，有什么东西滑了下去。

原来是之前放在膝盖上的手套从护栏的空隙间掉了出去。它们在灌木的枝杈上弹了几下，翻滚着向下面黑黢黢的潭水落去。那两只手形的扁平状物体先是无声无息地落到水面上，继而静止在原处。但没过多久它们便开始下沉，只花了半分钟左右就完全消失在水中，简直像是被什么东西突然拉进水底一样。

桃花在原地愣了好几秒。

她所惊讶的既不是手套的掉落，也不是它们的消失。而是看似波澜不惊的水面，实际上却在激烈地旋转。落在水面上的东西，居然会以那样的方式消失。真正令桃花愣住的原因，是她担心同样的事情，是否也曾经发生在绯里花身上。

在这个地方，姐姐把泰利熊老师放在膝盖上，并在明神瀑布前许下了希望母亲手术成功的愿望。随后她睁开眼睛起身，泰利熊老师从膝头滑落，并从护栏的空隙中掉出，最终消失在瀑布下面的水潭里。

如果真是这样，姐姐一定会认为神明已经听到了她的愿望。

而实现愿望的代价，就是被神明拖入潭水里面的泰利熊老师。

离开观瀑台时，姐姐的脸上会是怎样的表情呢？思索着这个问题，桃花离开了冰瀑。前进的方向是通往盘山公路的那条小路。没错，当时的姐姐一定很想尽快见到母亲。而想要尽早回家，就只能在盘山公路的尽头处乘坐公交车。要是在这个时间才沿登山小路下山，走到半路天肯定就黑了。一旦自己出了什么意外，只会让马上要做手术的母亲无谓地担心。

天色暗得很快，连窄路两旁的树木都变得模糊不清了。由于看不清地面，桃花从呢绒外套的口袋里掏出手机，打开手电筒功能。一道白光照亮了脚下，她顿时松了口气，但下一刻又匆忙关闭了手电筒。

手机的电量已经几乎要耗尽了。

从家里出来的时候，就算电量不满，至少也在百分之八十。途中除了看看时间以外，桃花不记得还用它做过其他什么事，为什么电量会耗费得这么快？

可能是因为一直处在山中寒冷的环境里吧。

在信号不好的地方，手机持续搜索信号会耗费很多电量。而且在寒冷的天气里，电池电量会消耗得更快。尽管桃花和朋友也会经常谈起这里冬天太冷，电池很快就没电的话题，但她还是第一次遇到电量这么快就要耗尽的情况。

这可怎么办——想去公交车站，起码还要沿着这条窄路走上两公里，来不及走到，天色肯定就彻底黑了；要是开手电筒，以目前的电量绝对撑不到一分钟。

犹豫了片刻，桃花沿着原路往回走去。她穿过观瀑台，走下另一侧的台阶。如果大槻在避难屋的话，或许可以向他借到手电筒或其他工具。往前走了一阵，阴暗小路的尽头忽然出现一盏窗灯。在前进的过程中，天色越发昏暗。然而奇怪的是，越是向那边靠近，桃花就觉得自己离灯光越远。

终于抵达了小屋，小号的雪人和大号的雪老鼠依旧一左一右迎在门外。那张写着“稍后就回”的纸条并没有钉在门上，看来大槻就在屋内。

桃花敲了敲门，里面传来一声简短的应答，但没听清具体说了什么。桃花用冻僵的手再次敲了敲门。大约十秒钟后，内侧的门把手转动，一道垂直的光柱出现在门边，与大槻的身影重叠在一起。因为背着光，他的脸上一片阴影，无法看清表情。

“哦……你是昨天那个。”

“昨天谢谢您了，抱歉这么晚来打扰。”

“要不先进屋吧？”

听到这句话，隐约间一阵恐惧突然涌上桃花心头。就像是做了场噩梦一样，梦里发生的事虽然已经彻底忘记，但唯独恐惧还留在心间。

“不用了，我要回去了，现在打算去盘山公路那边。”

大槻的身影一动不动，等待着她的下一句话。桃花想解释情况，又觉得不能太过老实地说出一切。不能说自己本想重现姐姐在一年前的行动，没想到不仅天色彻底暗了，手机电量也所剩无几——

“要是您有手电筒之类的工具，可以借我用用吗？”

这句话听在桃花耳中简直不像是自己的，而是另外一个人的声音。

或者说，几乎就是姐姐本人的声音。

“我去拿来。”

大槻背过身去，紧接着又转了回来。

“方便的话，我可以再送你一程。”

“没关系，不用的。”

就在刚刚，桃花梳理了自己会来到这里的原因。自己将自行车停在登山小路的入口处，通过登山的方式前往明神瀑布。由于冬天日短，在瀑布前许过愿后天色已近黄昏。天气寒冷信号又差，导致手机电量耗尽。由于不敢在漆黑的山路上行走，所以决定来避难屋这里借手电筒。

这就是一年前发生在绯里花身上的事吗？

——寄宿在瀑布里的神灵是阴间的神灵。

姐姐差不多也是在同样的时间来到这间小屋的吗？

——要怪的话，就只能怪那些不明真相却还来到这里的人。

“我送你一程吧。就算有手电筒，走夜路也很危险。”

“真的不用了。”

桃花的语气十分坚决。于是大槻转过身去，从旁边的架子上拿起一只手电筒。由于被他的身体挡住了视线，桃花没能看到屋内。大槻打开手电筒，确保没有问题后将它递给了桃花。屋内的电视里传来孩子们的歌声，他们唱的正是《今年的牡丹真漂亮》。

“谢谢您了。”

桃花接过手电筒，继而后退几步。大槻的身影慢慢消失在房门后，屋内传来的歌声越来越小，从门缝中透出的光线也越来越细，直到最终消失不见。孩子们的歌声已经听不见了，身边只剩下一片黑夜与严寒。

（六）

大槻来到窗边，拨开窗帘向外望去。

夜幕马上就要降临到山中。

余晖散去，树木化为剪影围住小屋，恍若一支送葬的队列。

放开窗帘，视线回到屋内。电视依然开着，书架跟前，装有文件的各种尺寸的牛皮纸信封散落一地。厨房里，水槽下的柜门大敞四开，锅碗瓢盆散落一地。旁边的餐橱门也开着，母亲曾经用过的旧菜谱、家用电器的说明书和保修单同样散落一地。

这些都是大槻翻找冰柜说明书时留下的痕迹。

然而最终依旧没能找到。即使找到了，又能用它来做什么？这个问题从昨天起就已经想过无数遍了。那台商用冰柜已经用了那么久，甚至可能已经远远超过使用年限，自己一个外行人怎么可能修好？能做的就只有请维修工来更换重要的零件，或是再买一台新的冰柜。然而在修理的时候，他们有可能不去看放在里面的东西吗？请人修理肯定是行不通了，那买台新的可以吗？比如让工作人员先送来一台新冰柜，等他们走后自己先把旧冰柜里面的东西转移进去，再让他们过来取走旧的冰柜。

走进厨房，站在冰柜前。大槻把双手放在两侧的把手上，拉开了左右对开的冰柜门。这台冰柜是父亲成为避难屋管理员后由市里出资购买的。每当要做牡丹锅的时候，母亲总会从里面取出大块的野猪肉。从小父母就告诉他：冰柜门不能开得太频繁，这样会使食物加速变质。所以在继承这间小屋之前，大槻几乎从未打开过它。

冰柜的上层摆放的是鱼、肉以及乌冬面、意面之类的冷冻食品，除此之外还有几个香草冰激凌。而在下层取掉隔板的方形空间里，如今正坐着一名女孩。一年前，由于山路昏暗，有个女孩到这里来借手电筒。后来，在漆黑一片的观瀑台上，大槻用双手掐住她的脖子，她的身体先是剧烈挣扎，但过了一会儿便再也不动了。

就在几天前，她的全身上下还彻底覆盖着一层厚厚的白霜，看上去就像一条大得离谱的白色毛毛虫，又像一个全身裹着绷带的木乃伊。然而现在，部分白霜已经融化，女孩的身形也变得略微可见。她的脸颊和手背已经变成皮革一样的棕色，皮肤上也出现了细细的皱纹。外套上缝着的白熊图案依然高举着双爪，既像在打招呼，又像是要袭击自己一样。这是什么品牌的商标吗，还是她自己缝在上面的？

大槻蹲下身子，用食指戳了戳女孩的脸颊。指尖传来的触感还是坚硬的，这让大槻略微放心了些。然而用力再一戳，大约三分之一的指甲陷进了皮肤。

果然已经开始融化了。

关上冰柜门，大槻一屁股跌坐在餐橱跟前，感到墨汁一样的液体在胸口内侧漫延。他捡起散落在地上的电器说明书，一张张仔细检查，然而检查了一遍又一遍，最终也没有在里面发现冰柜的说明书。他起身回到客厅，跪在书架跟前。电视里传来孩子们的歌谣，阵阵歌声传进耳中却找不到出路，最终化作无数虫蚁在肌肉与皮肤之间蠕动爬行。大槻抓起散落一地的牛皮纸信封，抽出里面的纸张查看，然而都是些老旧的通知和已经过期的投票所入场券。这个也不是，那个也不是——大槻胡乱地抽出信封里的纸张，然而没一个有用的。感到鼻腔里一阵火热，沸腾的体液仿佛要将眼球喷出体外。双手狂舞乱抓，令他宛若一头饥渴的野兽——不知不觉中，大槻发现自己正用双臂狠狠地砸着地面的绒毯。双臂一次又一次地举起，砸下，再举起，再砸下。每次砸下的时候，他都会从肺部发出浑浊的“呃呃”声。过了好一会儿，他终于停止动作，像是在用双手揪住绒毯。然而发出的声音却依旧没有停下，短促的声音逐渐连在一起，变成长长的呻吟声。最终，肺里的空气全部化作哀号，大槻呜咽着，喘息着，继而将遥控器抓在手中。

对准电视按下电源键后，屋里顿时寂静无声。

大槻就这样趴在地上，望着漆黑的屏幕。

该不会是自己早就想要结束这样的人生了吧？之所以在离开小屋的时候从不锁门，之所以会毫不犹豫地让身为刑警的隈岛进屋，之所以会时不时地打开冰柜去给客人拿冰激凌，不都是因为自己实际上早就想要结束这样的人生吗？

大槻站起身来揉了揉脸。

随后他又扯了扯裤子和衬衫上的褶皱，转身向门口走去。

将挂钩上的数码相机挂在脖子上，他的双手几乎是下意识地把门厅墙上的图钉全部拔掉。至于那张上面写着“稍后就回”的纸条，大槻则先是盯着它瞧了一会儿，然后把它团成一团扔在地上。

他关掉屋里的灯，走出门去，随后把门关上。

在黑暗中走出一段距离后，他突然转身返回。

这间早已失去存在理由的避难小屋，是父母曾经的住处。大槻在这里度过了自己的童年，后续又在这里独居了将近三十年。

盯着相机的取景器，大槻按下了快门。在闪光灯的照射下，门口两侧的雪人和生肖雪人显得无比惨白。

（七）

大槻离开了小屋。

弯腰靠在小屋墙边的桃花看到了这一幕。

云层遮住了月亮，四周一片漆黑，大槻的身影很快消失在一片黑暗中。尽管没有手电，走起路来却不带一丝犹豫，伴随着规则的脚步声，他的身影渐渐向登山小道的方向远去。

隔着窗户望向屋内，原本透出的橘黄色灯光已经消失。

桃花站直了几乎快要冻僵的双腿。从口袋里掏出手机一看，电量只剩下百分之三了。

“我在朋友家玩，晚一点再回去。”

给母亲发出这样一条信息后，桃花把手机放回口袋。

时间还不算很晚，桃花也不打算太晚回家——她只是想确认一下，看看刚刚离开小屋的那个大槻与绯里花的失踪到底有没有关系。等到确认过后，她就会用从大槻那里借来的手电筒照亮夜路，走回盘山公路那边，然后在商店门前乘坐公交车回到家里，回到爸爸妈妈身边。冬季牡丹节明天就要开幕了，自己到家的时候他们一定还在工作，甚至留在市内的体育公园里做准备，根本还没回家。

桃花一边小心避免踩响散落在墙边的碎石，一边向房门走去。

拧动把手一拉，房门轻轻松松就打开了。桃花斜着身子钻进漆黑的缝隙里，随即关上了门。屋内一片漆黑，但桃花总觉得那些看不见的家具和电器都在偷听着自己发出的声音。电视机的红色指示灯闪烁着，屋内的空气里残留着灯油的味道，可能是因为地炉关闭没多久。

自己所做的事其实并不算太过冒犯。要是中途大槻回来，桃花会说自己虽然借了手电筒，但还是不敢独自走到盘山公路那边。来到这里后发现大槻不在，因为冷得受不了所以才会进来。反正这里是避难屋，自己的做法应该没什么问题。

然而桃花接下来的行动，就不是这番说辞能够解释得通的了。她先是将屋门反锁，左手拎起刚刚脱下的羊毛靴，继而用手电筒照射着屋内，穿过客厅走进厨房。说是“走”，实际上却是蹑手蹑脚地行动。把光束照在厨房的墙上，桃花发现了昨天与大榥聊天时看到的断路器。她伸手拉下黑色的开关，回头再看一眼客厅，电视机的指示灯也熄灭了。

站在巨大的冰柜前，手电筒的光线在银色的柜门上歪七扭八地反射着。抓住冰柜把手，手感十分沉重，让桃花觉得自己像是要进入一座坚固的堡垒。一种不祥的预感倏然从心底蔓延至全身每一个角落，上下牙齿仿佛连接在一起，下巴也像僵住一样动弹不得。伴随着沉闷的“哐当”声，柜门打开了，冰柜里独有的味道伴随着冷气顿时一同扑到桃花脸上。她用手电筒照向里面，只见在胸口那么高的位置有一片隔板，但只有上方装满了食物。隔板下方是一个巨大的方形空间，里面放着一个洁白而巨大，整体呈“h”形的物体，看上去像是明神瀑布冻结过后的一部分，然而这并不可能。

桃花跪下身子半钻进冰柜里。柜门缓缓合拢，轻轻拍在她的腰上。尽管已经把脸凑了过去，但冰柜里的光线过于刺眼，让她看不清楚。桃花放下左手拎着的羊毛靴，碰了碰“h”上边的部分。

拿开手指后，桃花看到手指融化白霜后露出的部分是黑色的，看上去像是无数条充满光泽、纵向排列的细丝，究竟是什么呢？桃花再一次把手伸过去，但这次是把整只手掌按在上面。几秒过后她把手拿开，露出来的部分依然是黑色的、纵向排列的细丝，但比刚才要稀疏一些，还能看到除了细丝以外的东西——一只微睁的眼睛。

上下眼皮歪曲着，冻得牢牢的眼球已经快要分不清黑白眼仁的界线，然而这只眼睛依旧在死死地盯着桃花。桃花立即攥住自己的脖子，遏制住将要发出的声音，然而惨叫声在喉咙里迅速上涌，仿佛在松手的那一刹那就会脱口而出——就在这时一个声音传来，是被锁住的房门发出的响声。桃花立刻关掉手电筒回过身来。门口的声音突然停止了，但紧接着，一个更可怕的声音传来，是钥匙插进门锁里转动的声音。房门慢慢打开，微弱的月光在地上照出一个细长的矩形。桃花把身体挤进冰柜，随即关上了柜门。不过为了防止柜门关死，她迅速将右手手指插进了两扇柜门之间。因为从刚才拉动把手时的感觉来看，柜门可能是关闭时锁死的设计。这样即使存放在里面的物品塌掉，柜门也不会因此打开。

该怎么办，该怎么办——桃花别无选择，只能趁着屋里亮灯之前逃出去了。没错，趁着大概来到厨房打开断路器之前——门口处传来几声按下开关的声音，然而顶棚灯并没有亮起。随后传来脱鞋的声音，以及地板嘎吱作响的声音。断路器就在水槽上方的墙上，如果大槻接近那里，自己或许可以冲出冰柜，然后从门口逃跑。

右手的中指依然夹在柜门之间。桃花屏住呼吸，等待着脚步声接近——

就在这时，放在呢绒大衣口袋里的手机突然振动起来。声音打破了寂静，躲在暗处的桃花顿时暴露了自己的存在。地板嘎吱作响，脚步声迅速接近。桃花决定立刻推开冰柜门逃出去，机不可失，时不再来。然而正当她打算用力推门的那一刻，一股强过她几倍的力量把门反推回来，她的右手中指顿时被狠狠地夹在门缝里。桃花低声痛呼，想要拔出手指，却根本拔不出来。她用左手抓住右手的手腕，使尽全身力气去拽，感觉整片指甲都脱落了。拔出手指后，桃花把它塞进嘴里，用鼻子剧烈地喘息。鲜血涌进喉咙深处，中指宛如冻僵般彻底失去了知觉，但上面的指甲毫无疑问已经被扯掉了。出不去了，逃不掉了！桃花颤抖的左手在冰柜里乱抓——抓到了手电，打开开关，眼前顿时出现一片刺眼的白色。当白色渐渐褪去后，桃花看到两扇紧闭的柜门。大槻极有可能正在用身体死死地抵着它，从外面传来的细微声音证明了这一点。桃花盯着柜门内侧，从鼻子里断断续续呼出的热气使空气浑浊发白。就在此时，她看到对面有一根锈迹斑斑的小型拉杆，旁边用红字写着“OPEN”。于是桃花摸索着找到自己的羊毛靴，在两只脚上分别穿好，继而关掉手电，放进上衣口袋里。在伸手不见五指的黑暗中，她用左手在柜门上摸索着刚才看到的拉杆。

拉下拉杆的一瞬间，柜门某处发出一声轻响。塞进嘴里的右手中指宛如心脏般突突直跳。桃花先是把流进喉咙里的鲜血一口咽下，随即把两只脚伸向冰柜内侧。鞋底不小心蹬到了冰冻的尸体，尸体失去平衡，“哐当”一声磕在了什么地方。双脚终于找到内壁抵了上去，随后桃花毫不犹豫地用尽全力伸直膝盖，让上半身撞在柜门上面。大槻被突然冲开的柜门撞翻在地，发出一声低哼。桃花顺势跳出冰柜向外飞奔而去。在黑暗的尽头能够看到昏暗的光线投射在地上的矩形。一只脚在水泥台阶上踏空，但桃花及时恢复了平衡。夜晚的鹤丽山里一片漆黑，几乎什么也看不见，桃花只得向观瀑台跑去，因为观瀑台前面就是那条通往盘山公路的小路。靴子在观瀑台的台阶上“铿铿”作响。然而没等爬完，桃花的小腿就突然狠狠地磕在了金属台阶上，她被狠狠地绊倒，摔在观瀑台上。本想起身继续奔跑，右腿却用不上力。桃花反复尝试着想要起身，右腿却完全不听使唤。一阵剧痛贯穿她的身体，仿佛连神经都被撕成了碎片。桃花趴在地上，从呢绒外套的口袋里拽出手机，泪水滴落在屏幕上，令上面的字显得有些歪曲，但她依然看到了母亲的回复：

“晚上回家吃饭吗？”

给妈妈打电话——不，应该先报警。然而就在这时，屏幕彻底暗了下去——电池已经没电了。山路那边传来沉闷的脚步声，桃花拼命思索着自己能做的事。如今的自己既不能奔跑，也站不起身来——只能这样做了，或许只能这样做了。桃花掏出手电打开开关，随即用尽全力把它扔了出去。光束打着转飞出，远远地落在一团灌木丛里。脚步声越来越近，观瀑台的台阶已经发出声响。桃花跪在地上面朝明神瀑布，随即把双手紧紧握在一起。从小屋里逃出来的时候，大槻并没有看到自己。那个偷偷溜进小屋的人并不是自己，那个躲在冰柜里的人也不是自己——

在你身后有条蛇

“有人来过这里吗？”

大槻出现在观瀑台上。尽管呼吸有些急促，但他还是故作镇定地向桃花问道。

“刚刚有个人跑过来。”

回复的声音听上去极其自然。在生死关头，连桃花自己都对此感到讶异。

“然后往那边去了。”

桃花望向身后，只见黑暗深处有一道微弱的光芒。那是她刚才扔出去的手电筒。如果大槻相信了自己的谎言，如果他向着那边的光线走去——那一瞬间，哪怕是爬，也要爬回到小屋那边去。因为即便往盘山公路的方向逃跑，自己受了腿伤，肯定很快就会被追上，但回到小屋还是没问题的。要是到了那边，说不定能找到电话，只要有了电话就可以报警。

“可是……”

短暂的停顿后，大槻向着桃花迈出一步。

“你在这里干什么？”

“我在祈祷。”

“祈祷什么？”

“我在祈祷……能够找到姐姐。”

大槻的身影从桃花旁边绕了过去。他先是站在桃花身前，随即凑过上身——他正盯着桃花的手。然而四周一片黑暗，他不可能看得清楚。大槻一动不动地待了一会儿，随后突然把什么东西举到面前。桃花先是听到小型机器运作的声音，接着看到大槻手中发出一道刺眼的光芒——

几秒过后，被晃花的双眼才恢复视力。

大槻依然站在桃花面前，他的面孔在数码相机屏幕的映照下显得格外惨白。桃花这才意识到大槻给她拍了照。只见大槻盯着屏幕，看上去像是在沉思。自己被清楚地拍了下来，但对方似乎没能看出什么端倪。

“……路上小心。”

大槻抬起头来。

“谢谢关心。”

大槻离开了，他绕过桃花，沿着她背后的台阶离开，继而向灌木丛深处那束淡淡的光线走去——成功了，成功瞒过了大槻。接下来只要等待他的脚步声消失，就可以逃去避难屋了。只要在他拨开灌木丛，找到掉在那里的手电并赶回去之前的这段时间里抵达小屋就好。

在你身后有条蛇

背后的脚步声停了下来。

回头望去，桃花发现大槻在台阶中间站住了。他的视线正死死盯着数码相机的屏幕。

（八）

寂静无声的观瀑台上，大槻远远望着明神瀑布。

在夜里面对着彻底冻结的瀑布，大槻不禁觉得自己成了这个世界上唯一的生物。如果连自己也消失的话，这个世界上或许就再也没有任何生物了吧？

但这当然是不可能的。再过一段时间，冰瀑布会再次流动。它会像完全不记得自己曾经冻结那样，继续发出嘈杂的水声。毕竟迄今为止它一直都是这样。自己的孩提时代如此，去年春天亦是如此。

等到自己消失以后，最先发现冰柜里那具尸体的人，应该会是隈岛吧？到了那个时候，尸体会不会还没有完全解冻？不过就算还没解冻，他也一定能立刻辨认出那就是他们找了整整一年的女生吧？而他们又要等到什么时候才会知道，沉睡在她旁边的那具尸体，其实就是二十九年前大槻失踪的母亲呢？

在你身后有条蛇

那些孩子的歌声原本不该被听到，但如今却在一片黑暗中回荡。后背冷得像是在被灼烧，为了逃避这种感觉，大槻向前走了几步，挂在脖子上的数码相机磕在金属护栏上，发出清脆的声响。

——我觉得还是不要随便向那条瀑布许愿会比较好。

大槻回忆起那名少女第一次来到小屋时，自己对她说过的话。

——瀑布里的神明会以实现愿望为条件，剥夺许愿之人的生命。

她的姐姐真的在这里向瀑布许过愿吗？她的愿望实现了吗？她究竟去了哪里？瀑布里的神明真的把她带去另一个世界了吗？既然如此，要是从这里跳下去，自己的愿望就会实现吗？

只不过在自己心里，真的还有愿望这样的东西吗？

在你身后有条蛇

明神瀑布上方飘浮着淡淡的白雾，仿佛要将大槻的身体整个吸入其中。孩子们的歌声越发微弱，另一个平静的声音从对面传来。当大槻向着声音传来的方向探出身子时，观瀑台的铁护栏已经抵在了他的肚子上，他的身体就这样以护栏边缘为轴心打了个转。在旋转着向下坠去的视野中，大槻最后看到的是冬牡丹的幻影。一朵早该枯萎的花——原本不应盛开的花……

第二章　不可救助——无头妖怪

（一）

“里萌王过事挡流气吗？（你们玩过试胆游戏吗？）”

凑在体育馆角落里的其他三个人同时疑惑地探过头来，于是阿真吸了吸鼻涕再次说道：“你们玩过试胆游戏吗？”

差不多在一周前，阿真患上了夏季流感。感冒好得很快，虽然这会儿依然在流鼻涕，但已经不发烧咳嗽了。这件事还是很令人欣慰的，毕竟从明天开始的暑假，一共也就只有四十二天。

“没玩过。”

“我也没玩过。”

阿良和阿畑说完后，谷裕却给出了肯定的答案：“我和朋友玩过几次。”

就知道他会这么说，阿真心想。谷裕多半是在骗人，他总喜欢在类似的对话里掺些没有营养的谎言，但从表情上又能一下子看出来。而且除了阿真、阿良和阿畑以外，很难想象到他还会有别的朋友。

提议今晚去玩试胆游戏的人正是谷裕。地点是鹤丽山另一侧被他们称作“乡下”的地方。在登山小路的入口处有一棵“银杏树妖”，他们的目的地就是那里。

“银杏树妖”原本是一棵巨大的树木，高到只有站在远处才能看到它的顶端。然而随着树龄的增长，树干内部逐渐腐朽，随时都有倒下的危险，所以在阿真他们出生之前很久，这棵树就被伐掉了。如今的它，仅仅是一段高约三米、凹凸不平的枯树桩罢了。

“可是，光去看看‘银杏树妖’就能算是试胆了吗？”阿良噘着厚厚的嘴唇问道。

谷裕的眼角像是被人拽住一般提得老高，这是有人对自己提出的话题感兴趣时，他会展露出的独特表情。

“不是有个传说吗？据说那棵银杏树因为憎恨人类，所以变成了幽灵。”

这个大伙儿都知道。因为树干被人砍断而变成幽灵，所以大家才会叫它“银杏树妖”的。不知为何，这个幽灵在阿真的想象中就像一棵长着人脸的巨大花椰菜，因此阿真从来没怕过它。

“听说都是假的啦。”

“那还用说吗？”

“笨蛋，才不是啦，你们听我说。”

谷裕用三角眼瞪着阿良。各年级的学生渐渐聚集在体育馆内，期末典礼马上就要开始了。

“听说它不是变成了幽灵，而是转生成了妖怪。”

谷裕向着靠墙排开的阿真他们走去，依次望过他们的脸，随后继续说道：“听说它变成了无头妖怪。”

这倒是第一次听说。

“我听朋友说，那棵银杏树是被砍掉脑袋而死的，所以它才会转生成无头妖怪，目的就是向人类复仇，夺取他们的头颅。”

据谷裕的“朋友”所说，这个无头妖怪夺取头颅的方式相当惊人。它会用绳子缠住过路人的脖子，然后扯断。这让阿真想起了去年见过的一只铜花金龟，当时它正趴在公寓楼的纱窗上。将它捉下来后，阿真只是随随便便地拽了一下它的腿，没想到它的腿直接就掉了。而且掉下来的样子一点也不干脆，更像是滑出来的，滑出来的同时还从身体里带出白色黏液，简直恶心透了。

“听说实际上真的有人被扯掉过头颅，而且头颅就被扔在原地。”

明明就住在这个城市，自己居然从来没有听说过这样的故事。不过阿真不打算多想。

“像理发店里那样的，对吧？”

阿畑突然蹦出一句。他在说话的时候，一直挠着自己瘦得像西芹一样的脖子。

“什么意思？”

“理发店里不是有那样的脑袋吗？”

说话的时候，阿畑迅速在谷裕察觉不到的情况下向其他人抬了抬单侧的眉毛。这是他们三个人之间的秘密信号，意思是大家都知道谷裕在吹牛，但暂时先装不知道。

谷裕的话稍稍回晚了些，阿畑原本担心信号被发现了，但似乎并非如此。

“对……差不多就是那样的。很像理发店里的那些，不过我说的那个可是真的，血什么的淌得满地都是。”

“说正经的，晚上咱们怎么会合？”

阿良问的是个好问题，究竟要怎样在夜里会合？谷裕家里有些特殊，所以他经常夜里出去玩。但阿真、阿良和阿畑的家里却都管得很严。

“说要去参加夏日节不就好了？”

三人略微一愣，随即明白了谷裕的意思。

没错，今天是举行夏日节的日子。市里每年都要在体育公园里举办夏日节，大人们会顺势在那里举行牡丹节。不过对孩子们来说，夏日节无疑才是更重要的。就在几分钟前，阿真心里还在惦记着夏日节，甚至打算叫上阿良与阿畑一起参加，但因为后来讨论试胆游戏，就把这件事给忘了。

“你们说要去参加夏日节，然后来鹤丽山不就行了？”

谷裕的意思就是要他们对父母撒谎。

“葛是，颠气……（可是，天气……）”

阿真刚刚抬头望向体育馆的天窗，谷裕就用拳头在他肩膀上捶了一下。

“无所谓啦，笨蛋，昨天下得那么大，今天不会下了。”

确实，昨晚的雨下得很大，空气中的湿气应该没剩下多少了。今天早上看了眼阳台，发现母亲种植水芹的花盆里冒出不少泥水，把水泥地弄脏了一大片。

“刚刚我在网上看了眼天气预报，应该不用担心下雨的问题。”

阿畑从口袋里掏出手机，阿良赶紧冲上去用身体挡住。

“喂，会被人发现的。”

学校禁止学生携带手机，不过在这几个人里，也就只有阿畑有自己的手机。

“别动不动就拿出来炫耀啊，笨蛋。”

谷裕皱起面孔“啧”了一声。

“所以说你们什么打算？会来吧？”

顿了几秒后，阿良与阿畑点了点头。他们究竟是真的想玩试胆游戏，还是只是嫌拒绝麻烦呢？阿真还没想清，谷裕就向自己望了过来。

“阿真，你呢？”

谷裕的全名是谷森裕树，阿畑姓畑山，阿良的名字叫良喜。而自己的名字“大野真”可能是因为不太容易被省略或改称，因此阿真过去从未被人起过绰号。

“……应该能去。”

“那就决定了，全员参加。”

谷裕咧开嘴巴，歪歪扭扭的门牙与嘴唇之间的唾液拉出了丝。

“六点半在鸱鸺桥上集合，等天一黑就开始玩试胆游戏。咱们需要手电筒，最好能有人带。记住是六点半，别来早了。”

话音刚落，教务主任的声音就从喇叭里传来，提醒他们赶快排队，阿真和朋友们迅速从墙边离开。谷裕走在前面，他那穿着褪色黑 T 恤的身影迅速消失在人群中。跟在后面的阿真揉了揉自己的肩膀，那是先前被谷裕捶过的部位。虽然对方不是认真的，但那里还是有点痛，而且似乎越揉越痛。

即使过了一会儿已经不再痛了，但那种感觉依然像异味一样固执地残留着，久久不能消散。

“说什么无头妖怪的故事是听朋友讲的，他是不是又在瞎编啊？”

阿良小声问道。阿畑显得有些惊讶。

“刚才我不是发过信号吗？”

“不是吧？我没注意到哎。”

“可是那家伙干吗总喜欢骂咱们是笨蛋啊？”

“是啊，真讨厌。”

“……嗯？”

“咦，怎么了？”

阿真下意识地拽住阿良和阿畑的T恤。刚刚感到两眼之间有一阵短暂的瘙痒，随后鼻塞突然就消失了。

“要不，咱们三个整整谷裕？”

（二）

还没走进家门，就在公寓外面的走廊里闻到了烤鱼的香味。像今天这种学校不提供午餐的日子，母亲总是等自己回家后才开始做饭，因此阿真有些疑惑。他打开房门，看到父亲的皮鞋放在门口。

“爸，你怎么在家？”

用脸撞开圆珠挂帘，阿真看到穿着衬衫的父亲正坐在餐桌上吃饭。

“没去上班？”

“噢，你回来啦。刚才我带一对小两口去看箕冰购物中心附近的房子——”

父亲是一家房产公司的销售员，他的工作是为公寓寻找租户。

“他们好像对那间房子不太满意，我想卖个人情给人家，就说可以用公司的车送他们回家。但他们不是回自己家，而是有点事要回男方父母家。没想到那个地方就在咱家附近，正好赶上午饭点，我就回来吃饭了嘛。”

父亲是个十分健谈的人。自己周末去阿良或阿畑家玩的时候，偶尔也会见到他们的父亲。他们基本上只会对自己点头笑笑，或是随口问问在学校的状况，但不会说太多。起初阿真以为是他们的父亲比较沉默寡言，但很快发现事实并非如此。

“阿真，你这会儿吃饭吗？”

母亲关掉燃气灶，又给父亲盛了一碗味噌汤。

“吃。”

自己要是慢吞吞的，急性子的父亲可能就先吃完了。冲进盥洗室洗过手后，阿真把书包往地上一扔，随即也坐在餐桌旁。父亲在旁边向他伸出右手，不停地比着“拿来”的动作。

“什么意思？”

“成绩单啊。”

阿真从书包里抽出上午刚收到的第一学期成绩单递了过去，父亲先是从上往下大致扫了一眼，随后又从头开始仔细查看，最后噘着嘴巴“噢”了一声。

“还不错嘛。”

“一般般吧。”

“语文和手工成绩都很优秀呀，这真是我儿子？”

从薄纱窗帘中透过的白光映在父亲的笑脸上，不知为何，阿真觉得那张面孔与自己梦中出现过的死人有些相似。

“哎，这不是好了吗？”

“嗯？”

“鼻子。记得今天早上你还鼻塞来着。”

“是啊，不知怎么回事突然好了。”

“是因为太兴奋？”

“才没有啦。”

实际上阿真确实很兴奋。无论是要偷偷与阿良和阿畑见面，还是去实行他们商量好的计划，又或是请大伯帮忙的打算，都令他心里兴奋异常。

“听说在人体内有种叫作交感神经[1]的部位，会在人兴奋的时候启动——”

交感神经启动会使人心跳加快、血压上升，原本堵塞的鼻子自然也会通畅。阿真明白了，原来自己的鼻子是因为兴奋而通畅的。

“米饭要多少？”

母亲打开电饭煲向阿真问道。

“一中碗吧。”

母亲盛了一中碗饭，将它与烤竹荚鱼、味噌汤和麦茶一起放在餐桌上。阿真看到在她身后的冰箱上有一张用磁贴夹住的千元钞票。

“那是给我的？”

“嗯？哦，对。是给你参加夏日节用的零花钱，反正

1　植物性神经系统的一部分，一般控制与兴奋相关的行为，例如战斗或逃跑反应。

我不给你也会要嘛。你要去的，对吧？”

“要去。”

“和谁一起？”

父亲问道。

“阿良、阿畑和谷裕。”

“一个也不认识。”

“我猜也是。”

阿真喝了一大口麦茶，试探性地问了一句：

“老爸，你知道无头妖怪吗？”

“这也是你朋友？”

“不是啦，好像是幽灵之类的东西，据说是银杏树妖重生之后变成的。”

“鹤丽山的那棵银杏？”

母亲端着自己的米饭和味噌汤坐到餐桌前。

“嗯，在登山小道入口的那个。听说它对砍断自己的人类怀恨在心，于是转生为无头妖怪，对人类进行报复，夺走他们的头颅——”

看到母亲抿着嘴巴抬起眼角，表情越来越像蚂蚱，阿真赶紧停下了话头。

“阿真，你们该不会是去了鹤丽山那边吧？”

像阿真这么大的孩子，基本都受过家长的告诫——不可以靠近那座山。

不，别说孩子了，就连大人也都尽量远离那里。今年一月，有人在山腰的一间避难屋里发现了女尸，而且还是两具。其中一个是失踪了整整一年的女生，另一个似乎是避难屋管理员的母亲。当时这件事被各路报纸大肆报道，箕冰市也因此名声大噪。报道发生后，鹤丽山曾一度被封山。后来尽管解除了封禁，但因为太过惊悚，人们依然不敢接近那里。听说凶手就是那间避难屋的管理员，但他跳进瀑布下面的水潭里自杀了，而遇害女生的姐姐则依然下落不明。老实说，那种地方光是过去就已经需要足够的胆量了。

“乡下那么远，我不会去啦。”

母亲默默点了点头，父亲多看了阿真一眼，继续吃起饭来。之后的一段时间里，餐桌上除了碗碟的碰撞声与啜饮味噌汤的声音以外，没有发出任何声音。不一会儿，阳台上传来雨声，当三人望向窗外时，薄纱窗帘已经变得一片灰暗。随后父母谈起夏日节的话题，阿真则在担心试胆游戏还能不能顺利进行。不过就在一家人吃完午饭的时候，外面的雨还是停了。

（三）

“我突然想到，‘用绳子缠在脖子上，然后扯掉脑袋’的说法，不就是那张照片吗？”

阿良在背后大声喊道。阿真大声回了句“照片”，前面的阿畑同样回头问了句“什么照片？”——这会儿三个人正骑着自行车排成一列，所以必须大声说话才能互相听见。

“不记得了吗？就是去年在学校看到的那张，银杏树妖被砍掉的时候拍的。那堂课的主题好像叫‘大家的城市’来着。”

想起来了。确切来说，应该叫“我们的城市”。那是四年级的一节社会课，当时老师在课堂上讲了许多内容，包括“箕冰”这个地名的来历、每年一月和五月举办的牡丹节、鹤丽山上的明神瀑布，以及瀑布过去每年都会冻结等。山对面的夜日森林究竟有多大，“夜目”的意思是老鼠[1]，因此

1　日语中，**ヨメ**（yome）是**ネズミ**（nezumi）的古语，而yome既有“儿媳”之意也有“夜目”之意，nezumi则有“老鼠”之意。

有人认为谚语“莫让儿媳食秋茄[1]”中的“儿媳”其实是“夜目（老鼠）”，所以那句谚语应该是“莫让老鼠食秋茄”。阿真原本连“秋茄”都不知道，引申的说法就更不熟悉了。但他至少记得老师当时是用幻灯片讲的课，因此他确实见过银杏树妖被砍掉那天所拍的照片。

“我想起来了，那棵银杏被砍断的时候，确实是用绳子从上面吊着的。”

一旦回忆起来，脑海中的画面就变得格外清晰了。因为怕砍断后倒得太猛，人们先把绳子系在树干上，再将另一端用吊车吊起。如果把那棵树看作是一个人，绳结便恰好像是套在脖子上一样。

“所以说谷裕是因为想起那张照片，才编出了无头妖怪的故事吗？”

阿真问完，阿良的声音顿时显得十分得意：

“基本就是这样，那家伙一向头脑简单。但不管怎么说，肯定是咱们胜他一筹。他是编造出离谱的故事，而咱们是利用他那个离谱的故事。”

1　原文为“秋**なすはヨメに**食**わすな**”。此谚语的由来有多种说法：一说由于秋茄十分美味，不舍得让别人家嫁进来的媳妇吃；一说由于秋茄没有种子，对媳妇来说并非吉兆。

没错，如今三人正打算用谷裕自己编造的无头妖怪的故事去整蛊他。其实有一句谚语恰好能形容现在的状况，不过阿真一时想不起来。就在这时，阿畑问道：“阿真，你的大伯真的会帮我们忙吗？”

阿畑的自行车相当高级，车把是 T 形的。他骑在上面将身体大幅前倾，这样看起来比实际速度快许多。

“他肯定很乐意帮这个忙。”

他们三人的目的地正是阿真的大伯家，准确来说，应该是阿真的祖母家。大伯和祖母住在一起，生活在城乡接合区。祖父很早就去世了，所以两人住在一栋小二楼里。

“可是……那个人可靠吗？”

阿畑只见过阿真的大伯一次。那是在去年年底，加上谷裕和阿良，四个人骑着自行车到处玩耍。阿真突然想起家里嘱咐他去祖母家取冬至要吃的南瓜，于是打算在回家时顺路过去。当时只有阿畑肯陪他，阿良说回家晚了会被骂，谷裕则是觉得麻烦，去了别处。

“放心吧，大伯他人很好的。”

记得那天傍晚，阿真正在门口把祖母给他的大南瓜塞进车筐，就在这时二楼的窗户悄悄地开了，大伯从里面伸出脑袋来瞧。他像往常那样穿着蓝色连体工装，脸上长长的胡楂隔着老远也能一眼看清。阿真朝他挥了挥手，大伯也挥手回应，但他只是轻轻一挥，仿佛在擦拭墙壁上的污点。注意到两人的交流，阿畑也向二楼望去，但他顿时被吓得倒吸一口凉气，因为大伯的身后吊着一个人影，一根绳子从天花板的横梁上悬下来，系在人影的脖子上。

——那个是假的啦。

阿真说完，阿畑立刻用目光寻求解释。可即便如此，阿真也不知道那个人偶究竟是什么。他只知道从自己有记忆以来，大伯的房间里就一直吊着一个人偶。每当它破损了，总会有一个新的换上去。谁也不知道为什么大伯要制作人偶吊在房间里，祖母也为此十分苦恼。有一次她私自把人偶从横梁上摘下来扔掉，结果大伯大发雷霆。虽然阿真没有亲眼见过当时的情况，但每当提起这件事时，祖母都会抚着自己的脖子，声音里开始有哭腔。

"阿真，你奶奶今天也在家？"

阿畑的语气里有些担心，可能是他还记得祖母站在门口时的表情。当时祖母抱着南瓜出来，明显是一脸责备的样子，或许是在责备阿真带朋友过来，又或许是责备阿真让朋友见到了大伯。那副仿佛和自己有着深仇大恨一样的表情，阿真还是第一次见。直到他把南瓜塞进车筐，祖母的脸上依然挂着那副表情。

“她不在家。每次举办夏日节，奶奶总是白天就去会场帮忙，她好像是有些工作要负责。”

其实阿真本想把自己要做的事告诉祖母，然后光明正大地到房间里去找大伯。但如果这样做，祖母就会知道自己没去参加夏日节了，过后父母也一定会知道的。

“等等，既然阿真你的奶奶去参加夏日节了，要是你没去的话不就暴露了？她在会场没见到你，不会怀疑吗？”

“说我去了，但是没见到她就行。奶奶年纪大了，随便说说她也不知道。”

聊着聊着，三人已经穿过市区，来到了城乡接合区。积雨云挂在天上，玉米田分列道路两旁，油蝉的声音在空气中回响——啊，暑假真的来了。

“不好，快躲起来！”

阿真突然喊了一句，随后迅速将自行车骑到一处无人贩卖摊[1]背后。后面的阿良及时跟了过来，但前面的阿灿骑

---

1 一种贩卖场所，常出现于乡下。平日无人看管，摊位上放置货物（多为农产品或当地特产）并标注价格，供客人自行挑选购买，靠客人自觉付费。

过了头，于是赶紧掉头也跟过来。

“不好意思，刚刚看到我奶奶了，她在等公交车。”

阿真双脚蹬地让自行车后退一些，继而反弓着腰向道路前方望去。只见祖母独自站在公交车站台上一动不动，甚至让人怀疑那会不会只是一个人偶。

“往年这个时候她应该已经在夏日节的会场了，今年可能是出发得稍微晚了些。我们在这儿等一会儿吧，等奶奶她上车再说。”

公交车很快就到了。站台那边先是传来逐渐接近的发动机声，随后是“噗咻”一声，但不知道具体是什么在响。接着是司机的广播声——像是在说梦话一样，随后再次响起发动机的轰鸣声，伴随着轮胎轧过地上的石子声。很快，公交车开过了阿真与朋友们躲藏的无人贩卖摊。车内除司机外只有三张面孔，而且都是老人，其中一个就是祖母。明明是去夏日节上帮忙，但她看上去却仿佛疲惫到了极点——脸上的皮肤松松垮垮的，两只眼睛也只是茫然地盯着自己的鼻尖，一副呆滞的表情，看上去简直比平时老了三倍。

“走吧。”

阿真把自行车掉过头来推到路上，这次换他骑在前面了。转过两次弯后就看到了祖母家，由于背靠着苍翠的鹤丽山，房屋的轮廓显得像是合成照片一样格外清晰。屋前停着的小货车也是祖母的，她在平日外出时总是开这辆车。但或许是夏日节会场停车位有限，她才会坐公交车去的吧。

阿真与朋友们将自行车并排停在门口。

“好热……”

阿良用手抹着脸上的汗。他一挥手，汗水便散落在地面的碎石上，化为灰色的小点。早在他们碰面的时候，阿良就已经满身是汗了，如今他的T恤更是彻底湿透，紧紧地贴在身上，光看轮廓都快分不清他到底穿没穿衣服了。另一边，同样是蹬自行车过来，而且还背着登山包的阿畑却是一滴汗也没出，白皙的皮肤也一如既往地干爽。阿真出汗的程度介于两人之间，他这会儿正翻起T恤的衣襟，让微风吹进来，同时走到一个种着芦荟的塑料桶旁。塑料桶下面藏着一把钥匙，这是祖母怕出门忘记而放在这里的。

（四）

祖父是在将近三十年前去世的，因此阿真只在照片上见过他。而且由于那张照片是四十多岁时拍的，阿真完全感觉不出那是他的祖父。

祖父是在父亲和大伯上初中的时候死在御光川的。当时他们三个人在河里玩水，山洪突然袭来，祖父被洪水卷走了。父亲在岸上所以幸免于难，大伯也被水卷走了，但是自己游回岸上，捡回了一条命。

从那以后，祖母便独自支撑起整个家庭。她在一间农业合作社工作，但并非正式员工，所以工资很低，只能艰难维持三个人的生活。父亲高中一毕业就进了现在的公司工作，每个月他都会寄回一部分工资给祖母，家里的生活便没那么拮据了。尽管如此，祖母家依然窘困。她和大伯住的这间房子的墙壁上油漆开裂，一楼的地板也都起了皮。连房门也只是一扇简易的推拉门，甚至都用不着到塑料桶下面拿钥匙，一个成年人只需轻轻一抬，就能把门给卸下来。

“阿真，你大伯是干什么工作的？”

爬上吱呀作响的楼梯时，阿良低声问道。他们要去的二楼有一个父亲住过的卧室，一个存放纸箱与清扫用具的储藏室，还有一个就是大伯如今的卧室。

“他什么也不干，就是所谓的‘家里蹲’。”

不仅如此，还是个在家里窝了将近三十年的资深“家里蹲”。自从祖父过世以后，大伯就再也不上学了，除了上厕所外几乎很少走出房间。不，其实据父亲说，大伯成年后似乎参加过一次工作，当时他应该是在祖母的说服下考了驾照，然后从事搬运农作物与化肥的简单工作，可很快就被辞掉了。

“大伯，在吗？”

站在拉门跟前，阿真向里面喊道。阿良与阿畑在他两边对视一眼，似乎想说些什么，却又没有开口。他们想要说的大概是充斥着整个二楼的大伯身上的味道吧。大伯从不洗澡。听父亲说自从那次在御光川溺水后，大伯就开始恐水，不能洗澡。虽说如此，但这里的味道却并非那种刺鼻的恶臭，只是浓烈了许多的正常人的体味，像是有一大群人在这里的感觉。阿真并不讨厌这种味道。有一次自己和父母来这儿过年，傍晚的时候看到祖母起身，端着一盆热水和一条毛巾上楼去了。阿真心想，这一定是大伯用来替代洗澡的方法吧。

“我是阿真，能进去吗？”

从屋里传来短短一声介于“啊”和“哦”之间的回应，但阿真依然不确定到底能不能进。片刻过后，阿真微微打开拉门把脸探进去。只见大伯正穿着他平日里常穿的那件连体工装，盘腿坐在房间内侧。天花板上依然吊着那个人偶，它与大伯一样，也穿着蓝色的连体工装，头发是用黑色毛线做的，脸上没有五官，手脚的顶端都用布料缝住，没有手指和脚趾。尽管如此，因为穿着衣服，它依然显得十分逼真。

“我今天不是来找奶奶，是来找大伯的。”

阿真说完，大伯腼腆地笑了笑。他的双眼看着黑溜溜的，但不是眼仁大，而是眼睛小的缘故。当他像现在这样抬起头的时候，那张面孔简直就像是 emoji 表情[1]一样。

“我的朋友也来了。”

当阿真把拉门打开，露出阿良和阿畑的身影后，大伯的表情真的就像 emoji 一样彻底定格在脸上了。

“这是阿良，这是阿畑，都是我在班里的朋友。今天来这儿是想请大伯帮我们一个忙。”

“您好。”

“您好。”

两人各自打完招呼后，先是看了看吊在房梁上的人偶，然后看了看阿真的大伯，最后视线转到了房间的角落。阿真注意到那边同样躺着一个人偶。那是一个用白布外包，里面塞着稻壳，但什么衣服也没穿的人偶。脖子附近的布料几乎快被扯碎，看来人偶本身还是相当沉重的，一直挂在梁上也

1　聊天软件与社交平台上常用的默认表情，在中国又称“小黄脸”。

会渐渐损坏，所以每年都要换上一到两回。

看样子来得正是时候。

“大伯，你的人偶好像刚好换了新的，换下来的那个介不介意借给我们用用……那个旧的人偶，你不要了，对吗？”

阿真问完这句话，大伯扭头望着那个光溜溜的人偶，他先是稍微愣了一会儿，继而转过脸来点了点头。

“噢噢！”

“好耶！”

阿良和阿畑终于恢复了往常的样子，大声叫起好来。

“那我们就拿走啦。阿畑，衣服带了吗？”

“哦哦，带了。”

阿畑拉开登山包的拉链，里面放着他父亲收在衣橱深处的早已不穿的旧衣服。

“不知道哪件合适，我就装了好几件。”

“全都试试吧。”

阿真与朋友们一窝蜂似的冲进房间。窗户上安了纱窗，屋里的气味反而没那么重，但即便如此，阿良和阿畑还是尽可能地争抢着空气新鲜的窗边位置。大伯有些尴尬地站身起来，在榻榻米上“嘎吱嘎吱”地走了几步，随后抓起那个躺在房间角落里的光溜溜的人偶，漫不经心地拖了过来。他望向阿真，眼神里带着疑惑。

“我们打算拿它去吓唬吓唬朋友。”

阿真的解释姗姗来迟。

“我们还有个朋友叫谷裕，他平时总是特别‘臭屁’，我们就想整他一下啦。”

于是阿真把鹤丽山上“银杏树妖”的事，从谷裕那里听来的关于无头妖怪的故事，这个故事可能是谷裕自己编出来的猜测，以及晚上他们打算去玩试胆游戏的事，一股脑儿地告诉了大伯。

“我们想做一个机关，等到玩试胆游戏的时候突然吓唬他一下。要是他看到自己瞎编出来的无头妖怪真的出现，肯定会被吓得屁滚尿流。”

“所以说要用到这个人偶。”

阿良拍了拍人偶的脑袋。

“要是把它的脑袋弄下来，再给它穿上衣服，放在灌木丛之类的地方，肯定会超吓人的吧？”

“没错，所以现在要把它的脑袋摘下来。”

大伯先是抬头望着半空，随后突然冲着阿真笑了起来。只见他笑得肩膀上下耸动不停，这是他十分开心的表现。

阿真最近一次看到他这个样子，还是在黄金周假期和父母来这儿吃饭的时候。当时祖母把大伯的饭菜放在托盘上要端去二楼，阿真便自告奋勇帮忙去送。他走到二楼，把托盘放到矮桌上，但或许是因为不怎么饿，大伯没有立刻动筷。就在这时，阿真看到窗外的夕阳缓缓落下，而眼前的鹤丽山已经变成了一个黑黢黢的三角形。就在即将沉入鹤丽山的山尖时，夕阳变得宛如一只鲜红的水母。阿真被这幅景色吸引，便打开窗户想看得更清楚些，然而刚把手搭在遮雨板上，中指的指尖便突然针扎一般地疼痛。仔细一看，发现有根长长的刺扎在里面。阿真拔出那根刺，然而它的顶端却留在皮肤里，无论如何也取不出来。就在这时，大伯从壁橱中取出一根用来缝制人偶的针，抓住阿真的手指给他挑刺。大伯的手心暖暖的，但尖刺却很难被挑出，反倒是手指被针扎得生疼。不过好在片刻过后，针尖巧妙地挑到尖刺的尾端，顺利地将它带了出来。挑出手指当中的尖刺后，两人相视而笑，而大伯在笑的时候，肩膀也是像现在这样上下耸动不停。当时太阳已经完全沉到了鹤丽山的背后，天花板上的日光灯将屋里照得白森森的，让大伯的面孔仿佛人偶一般。

“伯伯，你为什么要做这样的人偶呢？”

阿良问得毫不客气，阿畑似乎也早就等着这个时候了，也立刻跟着问道："还有，为什么要挂在天花板上呢？"

然而大伯却只是把嘴巴开合了几下。

"忘告诉你们了，我大伯不会说话。"

据父亲所说，大伯并不是天生失语。自从那个夏天差点被淹死在御光川后，他就渐渐失去了说话的能力，或许是大脑的某个部分被淹坏了吧。祖母找了许多医生给大伯看病，依然没能治好。大伯后来之所以不去上学，可能就是因为不会说话。而成年后好不容易找到工作却立即失业，或许也是这个原因。

"那我们就来做无头妖怪吧。大伯，有什么工具能把它的脑袋弄下来吗？"

大伯微微点了点头，随后打开壁橱拉门。他先是从里面掏出几张旧报纸铺在榻榻米上，又把人偶上半身拖到报纸上。随后大伯从矮桌上拿起一把剪刀，伴随着"咔嚓咔嚓"的声音，毫不犹豫地剪起了人偶的脖子。这副架势把阿真和朋友们都吓了一跳。灌在人偶里面的稻壳撒在报纸上，它的身体随之变细，头部也迅速瘪了下去。剪掉人偶的脑袋后，大伯拽起人偶的上半身让它坐下，随即用手捧起报纸上的稻壳装回人偶脖子上的洞里。阿真和朋友见状也来帮忙，四人一起把稻壳都塞了回去。当人偶的身体恢复成一开始的大小后，大伯从一个抽纸盒大小的饭盒里取出针线，把人偶脖子上的洞缝了起来。

“真厉害！”

“这么快就做出来了！”

望着闪亮登场的无头妖怪，阿良与阿畑双目放光。大伯检查了一遍，看看稻壳会不会从缝合处漏出来。确认过没有问题后，他再次开心地笑了起来，嘴角都快要咧到耳垂了。

“衣服的话，总之全都试一遍吧。”

阿畑把手伸进登山包，将里面的衣服拽出来铺在榻榻米上。拿来的上衣里有一件绿色长袖 T 恤、一件黄色短袖 T 恤和一件灰色衬衫；下装有一条休闲裤、一条西装长裤和一条牛仔裤。几个人用它们在光溜溜的人偶身上逐一试了一遍。选择合适的服装还是相当困难的，上半身穿 T 恤看上去总觉得不太自然，至于下半身若是穿休闲裤，不知为何又会显得十分滑稽。

“嗯……就这样吧。”

阿真说完，阿良和阿畑都点了点头。

此时人偶的身上穿的是灰色衬衫和牛仔裤。尽管这是用排除法选出来的，但如今躺在榻榻米上的“无头妖怪”看上去的确相当逼真。衬衫的领口凸显了它没有头颅的特征，肥大的牛仔裤看上去也十分自然。在阿真和朋友给人偶换衣服的过程中，大伯始终在旁边看着，衣服换完后，他望着阿真，似乎在问他的人偶有没有派上用场。

“谢谢你啦，大伯。”

对着大伯微笑的时候，阿真感觉像是有人把蜂蜜灌进自己的鼻子里，连面孔的内侧都要融化开了。

“不过，要怎么做才能让它站起来呢？”

阿良托着人偶两边的腋下将它举起。

“放心，我想过了，可以用绳子把它吊在树枝上。在鸱鸺桥到银杏树妖之间的河边不是有很多树吗？用绳子挂在上面就行。”

于是几个人定好了计划——从鸱鸺桥到银杏树妖的这段路上伸手不见五指，他们可以用手电筒来照亮漆黑的夜路。在路上，他们首先尽可能聊起无头妖怪的话题，营造出恐怖的气氛。走到半路，其中一个人就用手电筒照向无头妖怪。只要不把光照到绳子上，人偶看上去就会像是站在地上一样。这时，阿真、阿良和阿畑再放声尖叫，谷裕一定会被吓得不轻，或许会嗷嗷叫唤，或许会撒腿就跑。要是能把他吓尿裤子自然是最好的，不过要真是这样，那他还怪可怜的。

“衣服可能会弄脏，不过放心，我会洗完还给你的。”

“不用啦。”阿畑苦笑着摆了摆手，但阿真不会食言。父母从小就教育阿真，借来的东西一定要完好归还。衣服和手帕要洗，铅笔要削，电器要换新电池或充好电。不过阿真至今借过的最贵重的物品也就只有铅笔而已，他根本没想过自己会有机会去借大人穿的衣服。

（五）

“哇——”

“哎呀——”

“好险！”

从法规上来讲，这样坐车或许是不可以的，然而走在路边或在田里耕作的人，却无一不对他们笑脸相迎，一些老人甚至还在挥手致意——如今阿真与朋友们正坐在小货车的车斗里，一边忍受着颠簸，一边向着打招呼的人们挥手回礼。而那个躺在车斗中间被颠得蹦蹦跳跳的东西，自然就是他们的“无头妖怪”了。

那些被小货车甩在身后的人，想必都是认识大伯的吧？那么他们会注意到如今坐在驾驶席上的人正是大伯本人吗？他们会注意到一个整日窝在家里的人，如今正开着小货车，带着侄子与他的朋友们一同外出吗？如果答案是肯定的话，阿真由衷地希望每个人都能注意到这件事。

——帮我们把人偶运过去吧。

当阿真在房间里说出这句酝酿已久的话时，大伯的面孔突然变得像是一张逼真的橡胶面具。尽管笑意还在，但皮肤、头发和眼球却宛如虚假的零件一样。

——外面那辆小货车，大伯你会开吧？

就这样僵持了几秒钟，阿真几乎以为自己要失败了。然而就在这时，大伯脸上的“橡胶面具”微微有了动作。不知不觉中，大伯脸上的笑容再次变得如常人一般。此时的大伯并不是像往常那样硬笑，而是眼角的细纹全部挤到一块儿，嘴巴也像腰果一样咧开。阿真心里顿时无比自豪，因为是他让大伯露出了这样的表情，也是他让大伯再次走出家门，甚至还开起了车。

“阿真，你大伯开车技术好烂啊！”

阿良抓着车斗边缘大喊。阿真也摆着同样的姿势喊道：

“那么久没开了，不是很正常嘛！”

自己究竟是从什么时候开始想要帮助大伯的呢？是看到祖母为了让大伯洗澡，把热水和毛巾端上二楼那时，是大伯帮自己从中指上把刺拔掉那时，还是到祖母家去取冬至要用的南瓜那时？自己带朋友过去的那天，祖母的脸上完全是一副责备的表情。她当时的眼神，看上去就像是和自己有着深仇大恨一样。即使时隔多日——不，直到现在，自己依然记得祖母那副表情。

不过原因并不重要，自己最终还是救赎了大伯。这么多年来没有人能做到，而自己做到了——那是一种无比舒爽的感觉，仿佛憋了许多年的一泡尿，如今终于能痛快地撒出来了。阿真有生以来第一次品尝到这样的感觉。

“哇——有水坑！”

“要轧到了！”

在车斗边缘张望的阿良与阿畑同时高喊出声，就在下一刻，车子右侧猛地一震，轮胎被地面上的水坑弹起，坑里的泥水溅到路边一大片，阿真他们的屁股也大概滞空了半秒钟。“无头妖怪”同样被颠飞起来，随后四肢像柔道选手倒地那样摔回到车斗中。

祖母、父亲和母亲究竟什么时候才会意识到大伯身上的变化呢？一旦发现，他们就会谈论大伯身上发生的事，继而很快发现阿真的所作所为吧。不过无所谓，倒不如说阿真反而想让他们知道这一切，包括自己其实没有去参加夏日节，而是做了个“无头妖怪”跑去和朋友玩试胆游戏。大伯不仅帮他们做了这个人偶，还帮忙把它搬运了出来。

等到小货车驶进“乡下”，已经几乎没有人再向他们微笑或挥手致意了。在视野右侧，苍翠的鹤丽山变得越来越大。没过多久，小货车便驶过鸥鸺桥，穿过了御光川。

“这座桥其实并不叫鸥鸺桥，而是叫口袋桥[1]。装呕吐物的口袋。”

阿畑说完，阿良摆了个呕吐的姿势。

“是尸骸桥[2]才对吧？”

阿真想起了祖母的叫法，于是订正道。但阿畑摇了摇头，依然坚持“口袋桥”的说法。

“严格来说，根本就没有‘尸骸’这个词吧？”

“那就是‘口袋桥’吗？”

道路向右弯曲，紧邻着河流继续向登山小路的方向延伸。

“大伯，停一下！”

阿真跪下来，敲了敲车斗与驾驶席之间的玻璃窗。小货车像是受到惊吓那样，冷不丁地来了个急刹车，差点让阿

1　口袋（fukuro）与鸱鸺（fukurou）日语发音相似。

2　尸骸（mukuro）与鸱鸺（fukurou）日语发音相似。

真一头撞在玻璃上。阿良与阿畑也分别向左右两边栽倒，“无头妖怪”则是在车斗里滑过来，撞到了他们的腿。

发动机熄火后，四周顿时鸦雀无声。

然而不知是不是错觉，几秒钟后，一阵蝉鸣声传来，听上去就像热水沸腾的声音。

阿真和朋友们从车斗中一跃而下。只见道路左侧生长着一大片芒穗还是翠绿色的芒草，几只蝗虫在草根处跃来跃去。道路右侧是一排不知道名称，但似乎会掉落橡果的树。这排树木的另一侧应该就是御光川了，但河流的地势要低一些，在这里看不见。

“这里好，这里好。”

阿畑拿出手机拍摄视频。只见他转着圈地把躺在车斗上的人偶、为了悬挂人偶而带的绳子、阿良、阿真以及周围的树木、河流和鹤丽山全都拍了进去，最后将镜头转向驾驶席。不清楚大伯知不知道是在拍摄视频，但当手机镜头对准他的时候，他还是略显羞涩地比了个剪刀手。

“等到天黑……这里可就不得了啦。”

阿良嘟着嘴，鼓着河豚似的脸四处张望。这条路是由人工铺成的，上面却满是沙土和碎石，而且附近连路灯都没有。鹤丽山就像是死死压在上面一样，把眼前的天空遮住了大半。

“这个太沉，大伯来帮个忙。”

看到阿良与阿畑正打算从车斗上卸下人偶，阿真赶忙说道。于是大伯跳出驾驶席，绕到阿真他们这边，但是步伐有些虚浮，像不习惯走路一样。大伯把车斗里的人偶抱在肩上，气喘吁吁地望着阿真他们。他双眼中的黑眼仁颤抖着，仿佛两只被关在狭小空间里的蝌蚪。阿真和朋友们讨论了一下悬挂人偶的位置，最后决定挂在小货车面前的位置。那里是树木的间隙，有　根侧枝伸过来，高度正好。

之前放在车斗上的绳子已经乱作一团，三人一边拆解着绳子一边向挑好的位置走去。他们踏着过膝的杂草进入小树林，立刻被一阵泥土的气息包围了。树枝之间密布着蜘蛛网，挂在上面的无数水滴宛如小玻璃珠一样闪闪发光。在这里隔着树木已经可以望到御光川了，河流因为之前下的雨而涨水，同时也浑浊了不少。

“可以在那边举着它看看吗？”

大伯走到之前选中的那根侧枝下方，用双手托着人偶的腋下，自己则向后缩了缩，尽量躲在它的身后。阿真和朋友们后退几步看了看。

“嗯，效果很好。”

阿真说完，阿良和阿畑也在两边点了点头。

挑好地点后，几人立刻布置起来。为了让人偶看着像是站立的，必须把它用绳子挂在树枝上。阿真和朋友们首先将绳子缠绕在人偶的胸口，但很快就发现绳子太过显眼，于是决定把它藏在衣服里。

“得先把衣服脱了？”

阿真和朋友们给人偶脱下衬衫后，大伯拿过绳子，利落地在末端打了一个绳圈。奇妙的是这个绳圈可以随意改变大小。于是阿真他们将人偶的双手举起，用绳圈从上面套到胸口，随后再给人偶穿回衬衫。大伯揪住从领口伸出的绳子一提，人偶顿时“站直”了身体，与当初设想中的一模一样。阿真在心里大声叫好，阿畑和阿良也握紧双手摆出“哦耶”的姿势。为了搞笑，阿良还特地把屁股往后撅，摆出一副蹲厕所时用力的姿势。

“来人让我骑下肩膀。”

大伯立刻在树边蹲下，阿真抓住绳头爬到他的肩上。大伯的头发是天然卷，如今乱糟糟的，长短不一，散发出一股用米糠腌过的咸菜味。

“不知道谷裕在不在那边？”

阿良向道路前后张望着。

“要是这会儿被他发现，肯定要尴尬死了。”

眼前的景色下沉，树枝从上方接近自己，蝉儿也“知了，知了”叫着从眼前飞走——那根侧枝比预想中要高，大伯起身后阿真双手的指尖仅能勉强够到。阿畑站在下面用手机拍照，快门声响个不停。阿真有些紧张，不过还是奋力伸出双手，终于把绳子从树枝上方绕了过去。伴随树叶的晃动，阳光像激光一样从枝叶缝隙间射进眼里，令人什么也看不清。不过阿真还是把绕过树枝的绳索下拉，让人偶站了起来。下面不断传来阿良与阿畑“再高一点”“高了高了”“低了低了”的声音。借助他们的提示，阿真用绳子调节着人偶的位置。

“就是这儿了！”

两人同时喊道。于是阿真给绳子打了个结。绳结要是打得太低会很显眼，所以阿真尽量把它打高了些。这会儿手臂已经没什么力气了，绳结很难打紧，但松手时却发现它比预想中更加结实。于是阿真给大伯打了个招呼，让他把自己放到地上。

“离远点看看吧。”

几个人走到路上回头望去——

“哇！”

“好棒！”

阿良与阿畑张大了嘴巴，大伯也从喉咙里发出满意的声音。当然，阿真也很满意。如今在他们面前的，是一个穿着灰色衬衫与牛仔裤的“无头妖怪”，两只脚的脚尖没进地面的杂草中，上半身微微摇晃。尽管没有面孔，却像是在死死盯着他们。从脖子后面伸出的绳索固然一览无余，但这会儿还是白天，等到晚上，只要不用手电刻意去照就不会被发现。固定人偶的位置也选得相当巧妙，它的身后没有树，再往前一点连地面都没有了，到了夜晚，在一片黑暗之中，它一定会像是孤零零地飘在那里一样。

“这样肯定能吓到他！”

“这下肯定整‘谷’大成功了！”

阿良与阿畑说着，开始排练起用手电照射“无头妖怪”的方法来。阿良似乎想要像拔枪那样快速从腰间掏出手电筒照向人偶，但阿畑表示这个姿势太刻意了。在他们讨论的当儿，大伯用双手提起连体工装的领子，把脑袋藏在衣服里模仿起无头妖怪的样子。看着站在那里，双手垂在身侧的大伯，阿真和朋友们不禁哈哈大笑，阿良与阿畑轮流把手电筒光束照在他身上。

“乐子还在后边呢……我看看，还有两个小时左右。”

终于笑得差不多了，阿畑拿手机看了看时间。

“咱们的自行车放在奶奶家了，先回去一趟吧。在大伯的房间里稍微打发打发时间，等到大约六点钟出发，到鸥鹇桥去跟谷裕会合。”

商量完后，阿真和朋友们在路面上蹭了蹭鞋底的泥，再次爬进了小货车的车斗里。阿真看了眼向着驾驶席小跑的大伯，只见他双手握拳在胸前快速摆动，像是很着急的样子。

“这个时候不会有人在鹤丽山附近散步吧？”

“可还是会有车啊。”

“开车看不见啦。”

这话倒是没错，无头妖怪站在小树林里，正常开车经过应该是注意不到的。事实上，哪怕在阿真他们现在的位置，也是看不到那个人偶的。至于道路另一侧，那里只有一片广阔的芒草地，不太会有人从那边出现。

“啊，不好意思大伯，可以走了。”

大伯正从驾驶室里探出头来等待指令，听到这句话后立刻把脑袋缩了回去，继而启动了小货车。或许是为了倒车，大伯把左胳膊甩到副驾驶席后[1]，扭过上半身摆出一个潇洒的姿势，隔着驾驶室与车斗之间的玻璃窗与阿真视线相对。

1　日本车辆的驾驶席位于右侧。

阿真笑了笑，大伯也回以微笑。由于担心遮挡视线，阿真往边上坐了坐，与此同时发动机轰然作响，小货车开动了，然而却是向反方向行驶。车子原本应该后退，此刻却猛地向前冲去。阿真顿时失去平衡向后摔倒。发动机的声音像是有人在耳边开了一台吸尘器，阿良与阿畑也大叫着以夸张的姿势摔倒了。三人撞在车斗后方的边缘，紧接着又突然向前飞去，撞上了车斗前方的边缘。

一时间谁也不清楚到底发生了什么。

似乎是本应倒车的小货车突然以极快的速度向前冲出去，随即又猛停下来。不过它停下来的方式非常突然，不可能是刹车。而且在停下来的那一刻，有个沉闷的声音响起。

“撞上什么东西了？”

阿良起身说道。没错，刚刚小货车应该是撞到了什么，并因此停了下来。意识到这一点的阿真趴在车斗里，把脑袋伸出侧面去看。原来是小货车冲到路外，带倒了一片杂草灌木，最后撞在一棵树的树干上。如今车头已经被撞得凹陷了。

驾驶室的车门打开，大伯从里面跳了出来，全身关节像是涂了胶水一样僵硬。他没有望向这边，而是直接绕到小货车前，于是阿真和朋友们也跳下车斗走过去。直到这时他们才意识到，车子撞上的正是他们挂了无头妖怪的那棵树。

“大伯，没事吧？”

不知为何，大伯并没有看车，而是继续往前走。

向着地面的尽头走去。

向着河边走去。

“对不起，大伯……都怪我找你来帮忙。”

阿真的声音在颤抖，四肢也在发抖。尽管没有人受重伤，但阿真有生以来第一次遇到让汽车损坏得如此严重的事故，他的身体因此有些不听使唤。可大伯依旧听而不闻，而是向着雨后变得浑浊不堪的御光川走去，继而停在河边。阿真与朋友们不知所措，只能站在他的身旁。不知从何时起，附近已经没有蝉鸣声了。

“……不会吧？”

阿畑在说什么？阿真发现他与大伯望着同一个地方。沿着他们的视线望去，似乎有什么东西正漂在河面上。那是一块布？不，看上去更像是一个人俯卧时露出的后背。

阿良猛地回过头去，大喊一声：“不会吧？”

阿畑也回过头去，随即用双手抱住脑袋。

“我们的无头妖怪……”

阿真同样回头望去，发现无头妖怪连同挂着它的绳子一起消失不见了。

将视线匆匆再次投向河面，那个背影一样的东西顺着河水越漂越远。四肢已经下沉，只有背部隆起，应该是因为那里积蓄着空气。原本是灰色的衬衫被水浸泡过后颜色变深，如今几乎已经成了黑色。大伯远远地望着它，像是半夜被吵醒的人一样表情呆滞。他的下眼皮耷拉着，内侧湿润的部分宛如两只鲜红的水蛭。

就在这时，阿真听到从大伯那两片干瘪的嘴唇之间冒出一句简短的话语。

那句话听起来，很像是小声说出的“对不起”。

（六）

“……还哼（是）没来。”

阿真又开始鼻塞了。

“……还是没来。”

阿畑看了一眼手机屏幕，时间是十八点四十一分。距离约好的时间已经过了十一分钟，但谷裕依然没有出现。

三个人靠在鸱鸺桥的护栏上。傍晚时分气温下降，但水泥护栏还残留着一丝温暖。除了远处寒蝉的鸣叫声外听不到任何声音，也没有任何行人或车辆经过。

发生那件事后，阿真与朋友们乘着车头凹陷的小货车回到了祖母家。一路上，大伯的表情始终与盯着河水那时一样，不管阿真他们说什么都没有任何反应。在摇摇晃晃的车斗里，阿真偶尔会从后视镜里看一眼大伯，但他的表情依然像照片般一动不动，甚至可能连眼睛都没眨一下。

在家门口下车，阿真与朋友们简短聊了几句后，便重新骑上了自行车。

——大伯，真的很对不起。

隔着驾驶室的车窗，阿真发自内心地道了句歉。

——祖母那边，我会和她解释的。

只有听到最后这句话的时候，大伯才微微摇了摇头。

在等待谷裕的这段时间里，三个人骑着自行车到处闲逛打发时间。阿良与阿畑似乎已经彻底忘记了大伯引发的事故，或者是觉得根本没什么大不了。他们谈笑着那个无头妖怪究竟有多么逼真，猜想谷裕看到之后会被吓成什么样子。阿真不喜欢他们的态度，甚至感到一丝恨意。但转念又想，这些对他们来说可能不是什么大事。毕竟无论是提议要整蛊谷裕，还是提出要找大伯帮忙的，都是阿真自己。

“要不打个电话试试？”

阿良说完，阿畑反而把手机塞进口袋里。

“我不知道他家的电话号码啦。”

说着，他拍落一只停在脖子上的蚊子。

过了一会儿，几人没话题可聊了。阿良与阿畑继续背靠护栏，反复开关着手里的电筒。夕阳还没有彻底落山，电筒发出的光线几乎一点也看不见，能看见的只有电筒的顶端在不断闪烁。望着他们这副事不关己的模样，阿真鼻子一酸，眼泪险些夺眶而出。他多想让时光倒流，多想让这件事情从来都没有发生过。家人们究竟会怎样看待这起事故？他们一定会对自己发火，同时也会对大伯发火吧？赶在祖母发现小货车被撞坏前向她解释会合适一些吗？尽管大伯当时摇头拒绝，但主动认错肯定会更容易获得原谅。阿真在心里生动地想象着接下来要做的事，以及这样做的后果。他感到自己的心里也多了一摊湿漉漉的水坑。

“我絜絜就围（我去去就回）。”

阿真忍不住从护栏旁边走开，阿良与阿畑只是含糊应了一声，并没有跟上来。穿过桥来到鹤丽山所在的那侧，沿着右手边的树木前进，一只蝗虫迅速跳进路边的杂草中消失不见了。风稍微大了些，生长在道路左侧的那一大片芒草纷纷摇动着碧绿的穗子，一只白刃蜻蜓[1]悬停在空中。应该很快就能看到大伯开着小货车撞到的那棵树了，是那棵吗？不，应该是更远些的那棵。那棵树的树干上留下了明显的撞痕，过后或许会死掉吧。尽管没有倒下，但说不定会像银杏树妖一样在原地腐烂。这些树可能是市区里的财产，搞不好会有穿着西装的人跑到家里来索赔呢。

来到那棵树旁边，阿真停下了脚步。

他简直不敢相信自己的眼睛。

无头妖怪此刻就在自己眼前。

它好端端地停留在之前悬挂的位置，服装与姿势也丝毫未变。到底是怎么回事？满脑子问号的阿真赶忙跑上前去，发现当时自己绑过的绳子依然系在那根侧枝上面，并没有解开。也就是说——

啊，原来是这样！

阿真终于意识到他们犯了一个可笑的错误，而他心里的积水也像是拔掉了池底的塞子一样，一下子流了个干净。自己——当然不只是自己，还有阿良与阿畑，他们之前都以为小货车撞到人偶后绳子松脱，无头妖怪掉进河里顺水漂走

1　日本较为常见的一种中型蜻蜓。通常分布于平地的池塘及水田附近，身体上布有盐一样的白色粉末。

了。然而他们错了，而且是大错特错。小货车当时确实撞到了人偶，然而绑在树枝上的绳子却并没有松脱。因此人偶只是以那根树枝为轴心打了个转，撞进上边茂密的枝叶中，随即卡在了里面。由于绳子和人偶都没看见，大伙儿产生了误会。过了一会儿，人偶因自身的重量从树枝中间掉下来，于是又悬挂回原处。

当然，大伯开车引发了事故是事实，自己的责任也依旧推脱不掉。然而这件事过于荒唐，让阿真还是不禁想要放声大笑。他竭力抑制着，身体却忍不住颤抖。四周这么安静，如果现在爆发出笑声，阿良跟阿畑会听到吗？不，这样反而是求之不得。最好是他们两个一脸疑惑地赶来，得知原因之后和自己一起大笑才更加痛快呢。

然而就在这时，大脑中突然响起了警报。

不可能，这不可能。

当时他们的确看到一个人形物体在河流上漂浮。灰色的衬衫在吸过水后变成了黑色，像是一个人趴着漂浮在水面上，晃晃悠悠地顺着河流渐渐漂远。

大脑中的警报声不仅没有停止，反而越发响亮。阿真像是受到这串声音的命令般转身面对树干。

随后他的所有行动，几乎都是在身体不由自主的状态下进行的。

他用单手抓住一根看上去比较结实、离自己最近的树枝，在地面上猛地一蹬，借势用膝盖紧紧夹住树干，再用手抓住另一根树枝。他就像这样一边往上爬，一边再抓住新的树枝。中途有过滑落，但每次滑落后都会再爬上去。就这样不知过了多少次，阿真的手终于够到了那根侧枝。他用尽浑身力气抬起身体，将胸口抵在侧枝上，随后拼命地解着绳子。绳结解开后，无处借力的无头妖怪“砰”的一声掉在地上，四肢全部歪到了怪异的方向。阿真迅速跳下树来，用针扎般疼痛的脚把无头妖怪踢进了草丛里。在做这些事的过程中，阿真心里一直回想着在体育馆时见到的谷裕的身影。他的T恤原本是黑色的，但因为穿了太久而褪色，几乎已经变成灰色。

——听说实际上真的有人被扯掉过头颅，而且头颅就被扔在原地。

——像理发店里那样的，对吧？

谷裕与阿畑的对话。

——什么意思？

——理发店里不是有那样的脑袋吗？

当时谷裕在回话之前稍稍停顿了一会儿，像是在思考什么事情一样。

——对……差不多就是那样的。

如果谷裕当时的想法和阿真一样，打算提前赶到玩试胆游戏的地方，设置什么机关来吓唬他们的话……

——记住是六点半，别来早了。

集合时间是谷裕决定的。当时他说的是“别来早了”，而不是“别去早了”。

“谷裕在那儿？”

阿良向这边走来，阿真立刻摆出一副若无其事的表情，从小树林里走出来。

“他没在这儿。”

但或许他曾经在这儿。

“谷裕一直不来，阿畑说要不就别玩试胆游戏了，你怎么说？”

那就不玩了吧——阿真艰难地从喉咙里挤出这句话。

（七）

回到市区后，阿真与阿良和阿畑告别。

随后阿真掉转车头，再次向祖母家赶去。必须跟大伯谈谈。虽然他没法说话，但有件事还是必须确认。然而他真的不会说话吗？在小货车撞到那棵树后，大伯似乎曾在河岸上低声道歉。该不会是自己听错了吧？如果自己没听错，那句话又是什么意思？大伯当时是在对什么人道歉吗？

“阿真？”

把自行车停在门口，阴影处突然传来父亲的声音：

“在家等着不就好了，怎么特地来这儿一趟？”

“……你在干吗？”

阿真仔细一看，发现门口有两辆车，停在小货车旁边的那辆正是父亲的车。

“我不是写了便条吗？你奶奶给我打了个电话，絮絮叨叨地说了一大堆。我刚好在外面买烟，就过来了。”

父亲打开驾驶室的车门，从杯托里拿起电子烟，再次望向阿真。

“难道你刚才没回家？”

阿真点了点头。

“忘带钥匙了？”

这次阿真摇了摇头。听父亲话里的意思，他似乎是写了一张便条放在家里，说要来祖母家。

“那为什么来这儿？”

“就是感觉……最近没怎么来看过奶奶。”

拉门上的玻璃在父亲背后反射着橙色的光芒，四周笼罩着夜晚的味道，附近除了昆虫的鸣叫声外，听不到任何声音。

“那她应该很高兴吧。只不过现在……唉，算了。”

父亲苦笑着，用手搂着阿真的肩膀向门口走去。打开拉门走进屋内，阿真发现母亲的鞋子也在。

“奶奶她……为什么叫你们过来？”

“唉，外边不是有辆小货车吗？老哥把它开出去，还把车头撞扁了，把老妈吓了一跳。”

说罢，父亲打开客厅半开的隔扇门，坐在客厅矮桌前的祖母和母亲一同望了过来。还没等她们问起，阿真就把那个参加完夏日节后，回家路上想来看望祖母的谎话重复了一遍。祖母高兴地点点头，但是没有说话。客厅似乎依然沉浸在祖母和母亲刚才对话的气氛中。

“大伯他开了那辆小货车……然后呢？”

阿真站在门口问道。父亲没有回答，只是望着祖母。祖母先是沉默了几秒，随后一脸无奈地开了口：

“车头被撞扁了。那个孩子，不管我问什么他都既不点头也不摇头，也不知道为什么突然要把车开出去，真拿他没办法。今后要是再出这种事可怎么办呀？他连个驾照都没有。”

“没有吗？”

“本来有，可是到期了也没换新的。”

阿真不知道原来驾照还要更新。

“阿真，你知道些什么吗？”

父亲用一种不抱期望的语气问了问。阿真僵硬地摇摇头。就在这时一阵电话铃声传来，母亲说了句“不好意思”，随后从手提包里掏出手机。

“喂，您好，请问什么事？”

母亲起身从阿真旁边走过，继而拨开走廊深处的门帘走进厨房，这让阿真有些听不清她在说什么，但从语气里能够听出似乎不是什么好事。口中像是被人塞了一枚十元硬币那样，一股苦涩的味道蔓延开来。正当阿真站在原地动弹不得的时候，母亲一边和对面聊着，一边又走了回来。

“他在，我问一下——阿真，是谷森妈妈打来的电话，说他去参加夏日节，可是到现在还没回家。他说过八点前回的，你们先前在一起吗？”

“没在一起。”

这句话倒是不假。

“是吗……谷森好像还是头一次没按说好的时间回家，他的妈妈很担心他。”

阿真和谷裕同班。成为朋友后不久，谷裕亲口告诉他，自己的父亲已经不在了。他的母亲从事两份工作，整日忙碌，每天一大早就出门，待在家里的时间不多。谷裕还有一个才两岁的弟弟，每天他都要照顾弟弟，还要帮忙料理家务，他对此非常自豪。不过这些都是他之前谈论的话题，后来便不再提起这些，而是喜欢讲些夜里出门玩耍的话题。

难道实际上，谷裕一直老老实实地待在家里照顾弟弟，帮母亲料理家务吗？难道他所谓的夜里跑出去玩，全都是谎话吗？去年阿真来这儿取南瓜的时候，谷裕也表示太麻烦之后走掉了，难道他当时回家了？

“谷森和你提过要和哪个朋友去玩，或是去哪儿玩吗？”

“没听说过。”

“是吗……哦，喂？是的，他好像也不太清楚。不好意思没帮上忙……”

母亲又向厨房走去。阿真一边听着她的声音，一边将注意力转回客厅。父亲与祖母面对面坐在客厅的矮桌前，彼此都低垂视线，沉默不语。

于是阿真离开客厅，蹑手蹑脚地上了二楼。

接着他来到大伯的卧室门前。

“大伯。”

阿真开口叫了一声，但是里面没有应答。

“大伯，我要进去了。”

打开拉门，天花板上依然吊着人偶，矮桌上也依旧乱糟糟地摆放着剪刀与裁缝工具。房间里的窗户开着，大伯坐在靠内侧的位置，身上穿着一套褪色的运动服。他孤零零地坐在那里，动作与阿真他们白天过来时一模一样，但表情已经截然不同了。阿真还是第一次看到大伯露出这样的表情——他的面部轻轻抽搐，眼睛睁得极大，因此平日里几乎看不见的白眼仁如今却清晰可见。阿真轻轻关上拉门，走到大伯身旁，只见他的白眼仁里浮现着无数红线虫般的细小血管。坐在大伯面前，阿真甚至觉得自己的身体像是在榻榻米中逐渐下陷。

“我想问问在御光川那时的事。”

话音刚落，大伯就抬起双手，用两根食指在嘴巴前面比了个叉。他的表情宛如冻结般没有丝毫变化，只有天花板的日光灯照在两根食指上，使它们看上去宛如两条背上长满黑刺的毛虫。

“你没告诉奶奶对吧？刚刚我在楼下听说了。我也不会跟任何人说的。”

然而——

“只有一件事，我还是想问一下。”

用手指在嘴巴前比叉的大伯，如今眼睛睁得更大了。

“当时漂在河里的……是人，对吗？”

大伯的表情看上去像是被人扯着头发向上揪住一样。阿真费力地用口水润了润干巴巴的喉咙，随后艰难地说出了那句话：

“当时……不会是害死了人吧？”

阿真既不敢把“大伯你”，也不敢把“我们”当作这句话的主语。

随后，阿真见到了他最不愿意见到的一幕。交叉在嘴巴前面的食指在颤抖，手指对面的脸庞在颤抖，那对薄薄的嘴唇同样也在颤抖。大伯先是微微点了点头，随后上半身开始小幅度抽动，像是在打一连串无声的嗝。在打叉的两根食指后面，下颚也在不断上下打战。与此同时，从他的喉咙里不住地发出“嘟”“嘟”的声音。“嘟”“嘟”“嘟”——相同的声音不断重复，过了一会儿，像是一个圆球在长长的上坡道上软弱无力地滚动了很久很久，最终好不容易越过坡顶那样，大伯终于说出了那句话：

“对不起……”

伴随着这句话，大伯泪如泉涌。他的眼皮依旧大大地睁着，暴露在外的双眼中已经盈满了泪水。泪水越来越多，最后大颗大颗地落下来。大伯望着阿真，把双手放到脑袋两侧，用指尖连续不断地敲着自己的太阳穴。他仿佛想要说些什么，却什么也说不出来。

“放心吧，我不会告诉任何人。”

就连阿真也没想到自己的声音居然会如此平静。难道在进屋之前，他就已经想好要说出这句话了吗？难道自己早就决定如果设想的情况是真的，他就要对大伯说出这句话吗？阿真甚至快要搞不清自己的想法了。

“我永远都不会说的。”

家人都在楼下，不能在这里待太久。阿真起身背对大伯，当走向拉门的时候，他听到身后传来大伯的呼吸声。他似乎是在用手强行抑制住激烈的呼吸，这导致阿真听到的像是气流通过狭窄的通道，又像是阿畑自行车上那种便携式打气筒的声音。他打开拉门走出房间，然后头也不回地将它关上。阿真踉踉跄跄地走在昏暗的走廊上，视野中的画面不断摇晃。不知不觉间来到楼梯顶端，他在那里一屁股坐在地上。隔着大伯房间的那扇拉门，阿真依然能听到打气筒一样的呼吸声，但它的节奏逐渐放缓，最终归于平静。

阿真站起身来，用手扶着墙壁走下楼梯。突然一阵强烈的呕吐感袭来，仿佛有人在将手伸进自己的喉咙深处。不仅如此，那只手还揪住自己的胃部使劲地往上拽。然而与此同时，喉咙却不由自主地紧缩，导致他什么也吐不出来。这种感觉反复了好几次，阿真觉得像是有人抓住自己的身体用力拧紧，却只在喉咙里拧出了一些温热的物体。阿真不想把它们吐出来，于是紧闭嘴唇，同时用手扶着自己的腿向前走去。感到身边好像围着一圈陌生人，每个人都在直勾勾地盯着自己。

来到一楼，阿真听到厨房传来水壶发出的“咕嘟咕嘟”声，似乎是母亲正在泡茶。客厅里的拉门开着，父亲和祖母的声音传来。

——要不让阿真去试试看？

——你让他去干吗？

——他跟我哥关系不是一直挺好的吗？

看来他们还不知道自己已经去过了二楼，可能是以为自己跟母亲一块儿待在厨房吧。至于母亲，她应该是以为自己与父亲和祖母一起待在客厅。母亲刚才在挂断电话前究竟说了些什么呢？她会在电话里回复“有消息就联络你”后，再次来向阿真询问谷裕的情况吗？不过母亲不可能给对方回电话了，因为自己什么都不会说，什么也不知道。然而知道那件事情的人不只自己——阿真苦思冥想着，像合掌祭拜一样用双手按住鼻子和眼角——比如阿良与阿畑的父母。要是他们向阿良与阿畑问起谷裕的事，两人会怎么回答？他们之前都跟父母撒谎说要去参加夏日节，所以应该不会实话实说。他们很有可能会和阿真一样，说自己没有见到过谷裕。虽然很有可能，但也不是绝对。说不定还是会有人说出实话的，说他们约好在鸥鸺桥会合玩试胆游戏，但最后谷裕没来。然而他们却不知道，事情的真相并非如此。

“现在说这个可能有点晚……”

客厅里又传来了父亲的声音。

“但我在想，他是不是把人偶看作了他自己？”

阿真仔细听着客厅里传来的声音。

“他会不会是在借那样的方式，一次又一次地杀死自己？”

阿真等待着父亲后面的话。灯光照进走廊，在地面上投射出一个矩形，但是在泪水的遮挡下显得有些模糊。他们究竟在说什么？

“还记不记得？过去他做的人偶要小一些，然后一年比一年大。老妈你总觉得那是他的低级趣味，但我觉得可能未必如此。”

“我们母子俩在这边过了这么久，也没遇到过什么不愉快，他的生活起居一直都是我来照顾，他怎么会想自杀呢？”

“是因为过去的事吧。”

说完这句话，父亲先是沉默了一会儿，随后讲起了一段阿真听说过的故事。

“老爸去世那天，不是和我们兄弟俩在御光川里游泳吗？当时我在河岸上，老爸和大哥被山洪冲走，但大哥自己游回岸上，捡回了一条命。”

然而父亲接下来的话，阿真却从没听说过。

“但事实并不是这样。”

祖母回了一句话，但阿真没有听清。

“其实当时被洪水冲走的就只有大哥一个人。老爸想去救他，就赶忙游过去，抱住他的身体拼命往岸上拖……大哥似乎头脑一片混乱，完全不知道发生了什么，只是一个劲儿地挣扎。不过老爸总算是把大哥拖到了他能站起身的地方。可就在这时，或许是脚底滑了一下，老爸突然跌倒在水里。水流很快，他在急切间抓住大哥的身子，像鲤鱼旗[1]那样在水里漂浮……大哥站得很稳，所以没有被水冲走。”

这时，阿真突然隐约预料到了故事的结局。

“就在这时，大哥甩开了老爸的手。”

随后祖父便被水淹没了。他不断试图将手脚和脑袋伸出水面，然而转瞬间便被水冲远。当时还是初中生的父亲在岸边目瞪口呆地站着，等回过神来，祖父的身影已经彻底消失了。

“之后我向附近的大人们求助，等到消防队的人赶来时，是大哥向他们描述了情况。他说自己和老爸被山洪卷走，他想办法游到了岸上，但是老爸没游上来。他后来对老妈你也是这么说的，对吧？当时我一直觉得这是他发自内心的想法。因为差点被淹死，陷入了一种迷失自我的状态，没搞清当时的状况，所以我才什么都没有说，我觉得这样会更好些。后来在与大哥谈论这件事的过程中，我也渐渐觉得，他口中

1　日本一种风俗用具，状似鲤鱼，挂起后可迎风飘舞。原本是江户时代的武士家族在端午时期挂在门前，祈求能生男孩。明治维新后改为公历5月5日（日本男孩节）挂出，取鲤鱼跃龙门之意，以祈求家中男孩茁壮成长，早日成材。

的情况或许才是真的，或许那样才更加合适……所以这些话我才憋在心里，一直没说出来。”

然而父亲依然记得。

他依然记得祖父被洪水冲走消失不见后，他与河里的大伯相视而立的那一刻。

“看到他的眼神我就清楚，他知道发生了什么。”

当父亲说出这句话的时候，阿真的脑海中逼真地浮现出当时的画面，仿佛这份记忆原本就属于自己。在他面前，从未见过的初中时代的大伯分开双腿站在湍急的水流中。他裸着瘦削的胸膛，双眼睁得大大的，眼球向外凸起，仿佛快被从眼眶中挤出来一样。

祖父遇难的那天究竟发生了什么，大伯为什么从那以后不再说话，以及他为什么每年都要做人偶吊在房间里？阿真在寂静的走廊里思索着这些问题。当然，即使思索也没有任何意义。因为知道真相的，就只有大伯自己——不，或许连他自己也不知道。这一切就像是一团乱麻，想要解开一处，另一处却又缠得紧紧的，想解开这部分时，其他部分却又缠绕在一起，在不知不觉中彻底缠绕成乱七八糟的一团，或许早已无法再解开了。

“你这孩子……为什么不早点说呢？”

祖母的声音仿佛是从狭小的缝隙中强行挤出来的一样。

“我带他去看医生的时候……要是知道这些……或许一切就会不一样了。”

“对不起，是我太缺乏责任感。”

后来阿真没有再听到对话。祖母喉咙间的“缝隙”越来越大，最终彻底放开，婴儿般的哭声顿时响彻走廊，与母亲的说话声混杂在一起——母亲似乎又在厨房里打电话。说话声被哭声掩住，因此听不清楚，但她似乎很惊讶的样子。

不一会儿，母亲掀开门帘出来，手里已经不再拿着手机。

“听说警察联系谷森家了。”

母亲一边好奇着客厅里的哭声，一边像是悄悄话一样在阿真耳边说道。

“警察……为什么？”

难道是他们在河流下游或海里发现了尸体？可是为什么谷裕的母亲要给自己的母亲打电话？自己明明已经装作什么也不知道，装作对这件事没有任何了解了，然而接下来听到的话却大大出乎阿真的意料。

母亲说谷裕跑去偷东西了。

“听说他悄悄溜进一家理发店，然后偷走了店里的模型，就是那种用来练习理发的人头模型，不知道他为什么想要那个。总之，他偷了就跑，店里的员工很快发现，追上去抓住了他，可是名字、住址、电话号码他一个也不肯说，于是员工就报了警。”

说着说着，母亲走到阿真面前。

“在警察局里谷森还是什么都不肯说。后来警察都放他走了，他还是不肯离开，说是怕人家跟踪他。不过最后他还是说了名字和电话号码——”

“什么时候？”

阿真打断母亲的话。母亲弯下腰来望着阿真的面孔。

“警察是什么时候打的电话？”

“就在刚才呀。他偷东西的时候要早一些，大概刚过中午吧。谷森的妈妈这会儿打算去警察那里接他。虽然人家没跟我说什么，不过……这件事是不是跟你有关？”

当然有关。

“吃午饭的时候，你不是还提过那些奇怪的话题吗？鹤丽山的银杏树，还有无头妖怪什么的。和谷森偷东西是不是有关系？”

他还活着。

“我不知道。”

谷裕他没有死。

“真的？”

重复了一遍“我不知道”后，阿真在不知不觉中一溜烟似的跑上了二楼——刚才对大伯说了那么多莫名其妙的话，得向他道歉才行。谷裕根本没被大伯开车撞到，他只是想在理发店里偷一个人头模型，等到玩试胆游戏的时候用来吓唬阿真他们，结果被抓了起来，一直待在警察局里。

“大伯。”

阿真打开拉门，然而大伯已经不见了。明明只是没了一个人而已，房间里却突然变得格外空落冷清，宛如画家笔下的风景画。他去储藏室里取东西了？还是说在父亲住过的卧室里？除此之外，二楼就没有其他房间了。阿真想要下楼寻找大伯，但突然又注意到了什么，便转身回到房间里。那是什么？隔着吊在房间里的人偶——有什么东西正挂在窗外低矮的护栏上。当大伯坐在窗边的时候身体正好挡住了它，因此阿真没有看见。那是裤子吗？不，那是大伯的连体工装。话说回来，大伯刚才穿着一整套运动服。当时如果不是因为满脑子想着那件荒唐的事，自己是不可能没注意到的，因为大伯平时很少会有不穿那件连体工装的时候。

绕过矮桌来到窗前，只见连体工装正挂在护栏上，上半边垂在外面，看上去像一个松松垮垮的人把身子探出窗外。阿真伸手一摸，发现工装是潮湿的。它最开始应该是湿透的，这会儿已经晾干了一半。

直到这漫长的一天要结束的时候，阿真才终于明白。

这次，他终于真正明白了一切。

明白了今天所发生的事情的真相。

他们从一开始就没弄错。当时小货车的确撞到了无头妖怪，它也的确被撞进了河里，然而为什么在傍晚，它又回到了原处呢？

原因非常简单，显而易见。

是有人把它从河里捞上来，又挂回到原处的。

而这个人正是大伯。

在把阿真和朋友们送回祖母家后，大伯再次开车出门，前往御光川的下游。他想弥补自己的错误，帮助阿真他们完成计划。当时无头妖怪可能已经在河水里漂了很久，也可能是漂到了河中沙洲之类的地方，总之大伯找到了它，还跳进河里把它捞了上来。他明明是个极度恐水的人，平时连澡都不敢洗，却不惜全身湿透也要跳进河里把无头妖怪救上来。随后他把人偶挂回到原来那根树枝上，这样阿真和朋友们的计划就能顺利实施了。大伯做了这么多，都是为了让他们那个荒唐透顶的恶作剧能够成功。

阿真心想，跳进河里去救无头妖怪的时候，大伯的脑海中或许浮现出了祖父去世那时的事。这让他产生一种错觉，觉得时间回到了过去，而这次自己能够救回父亲。不过大伯究竟是否还记得溺水那天发生的事？自己说过的谎言，难道在不知不觉中成了真？阿真好想向大伯把一切都问个明白，这应该是个不错的主意。等到大伯回家，首先要向他道歉，然后要感谢他从河里把无头妖怪救上来。在这之后还有许多问题要问，他可以让大伯通过点头、摇头，或是手势来回答。说不定借此机会，大伯还能重新开口说话，将来的生活也会变得更好呢。想到这儿，阿真的眼中不禁盈满了泪水，心里像是长出一颗巨大的乳牙那样感到阵阵酸痛。无数情绪交织在一起，令他想要放声大喊。今天发生的事他一定永远都不会忘记——这份信心充斥着全身，甚至波及指尖与每一根毛发。模糊的视线里盈满了星光，阿真不禁有些疑惑，在刚刚自己骑车赶来这里的时候，夜空中就已经挂着这么多星星了吗？

第三章　不可调查——那段录像

县派出所 110 接线中心于二〇二一年十月二十日上午八时九分记录下一通报警电话。此时的朝阳，刚刚将鹤丽山染成一片鲜红。

“昨天我看到了奇怪的东西……说是东西，可能更像是人吧……就在‘新城’中心，哦，我指的是箕冰新城。从电车车站坐公交沿着大路出来后，路左侧不是有个小区吗，那户人家差不多就在小区中心的位置。其实我原本没想（给警察）打电话的，因为看得不是很清楚，我担心只是误会……”

昨晚九点左右，报案的女子下班后走在从公交车站回家的路上，她的住址位于箕冰新城内侧。当途经一户人家的时候，突然听到门里面传出“某种硬物撞击的声音”。她被吓了一跳，于是扭头望去，发现正门从内侧打开了约二十厘米的间隙，从间隙中可以看到一名男子的身影。由于逆着屋内的光线，她看不清对方的服装与面孔，只能看到一名中年男子四肢着地，匍匐在门厅处。

“那个人的手上，好像湿漉漉的……看上去是红色。”

就在她被吓得动弹不得的时候，男子将脸伸出门缝，把门向外推开。

“他把一只手伸出门外，看上去想要逃跑……但就在这时，他的身体突然直立起来，然后一屁股坐在地上，又好像是跪在地上，总之差不多类似于跪在地上直立上身的姿势，像是被人从身后拽回去一样。因为被（门）挡着，所以看不清屋里有没有其他人。”

随后房门关上，里面再也没有传出任何声音。

“毕竟有可能是醉汉一个人在家里作怪，再加上我被吓得不轻，昨晚就赶忙回家了。可就在刚才我又路过那户人家……呃，我不是故意要走那里的，只是因为那是我上班去车站的必经之路。然后……这个也不是故意的，只是想靠近点儿看看，于是在走的时候尽量离房门近了些。就看到房门（外侧）附近的水泥地有一点湿，像是被洗刷过一样。我就胡思乱想了一下——昨晚那个人的手上看着湿湿的、红红的，会不会是因为沾了血呢？水泥地是湿的，会不会是因为上面有血，然后被人刷掉了呢？所以想着要不就（给110）打个电话吧……哦，那家姓千木。不不，我不认识他们，是挂在门口的名牌上写的。我不知道是读 chigi 还是 sengi[1]，不过汉字是数字的那个‘千’，还有树木的‘木’。”

当接线员按照规定询问报案者的姓名和住址时，对方

1　chigi和sengi是日语中“千木”可能会出现的两种读法。

先是沉默了一会儿，随后才答道：

“我还要工作，待会儿必须去警察局吗？还有，我或许不算是他们的邻居，但好歹也住在附近，我担心让他们知道是我报的警。我和父母住在一起，我自己倒是没事，就是他们不方便……”

在得知不必担心这方面后，她将姓名、住址及电话号码留给接线员，随后挂断了电话。

案情迅速被录入电脑，并分配到对当地进行管辖的箕冰派出所。刑事科的警员立即行动，即将前往现场调查的两位刑警分别是两年前从交通科调过来的隈岛（三十岁），以及在刑事科工作了二十七年的老手户顷（五十六岁）。

然而就在两人即将出发却还没有出发这段短暂的时间里，箕冰派出所的电话响了起来。不过并非 110 报警电话，而是所内的座机。对方似乎是一个老年男子，他拒绝回答任何问题，只是表示“让负责谋杀案的警察回话”，所以电话才被转到这里来的。

回话的是隈岛刑警，因为他认为这件事可能与先前接到的报警电话有关。他的预料没错，当电话对面的人表示自己姓“千木”时，他迅速对户顷刑警示意，户顷立即拿起另一个听筒，进入三方通话模式。

“事情是昨晚发生的……我，杀了我的儿子……现在我想自首。原因等到见面的时候会说，但当时如果我不杀他，他就要杀了我和我老伴。为了保命，我只能杀了他。凶器是菜刀，还留在厨房里，遗体已经不在家了。杀人之后，我用车把他拉走，扔进御光川里了。杀人和弃尸的事，现在我都想自首……”

（一）

当隈岛在审讯室里见到千木孝宪时，时间已经过了正午。

警察把千木从家里带来时，他穿的是白衬衫和浅棕色的外套，但如今他穿的是派出所提供的运动衫和运动裤。他在杀害儿子时穿的就是先前那身衣服，因此派出所要求他换掉了。除了内衣以外，他所有的衣服都被收缴，并送到鉴定科检查。

此时距隈岛第一次在千木家里见到对方，已经过了将近四个小时。

尽管衣服换了，但他给人的印象却与先前别无二致。

“简单来说，就是儿子每天都对我们施暴。”

这是个极其普通的人，他有着与年纪相符的一头白发，身体看上去既不健壮也不虚弱，语气和说话的方式也不算特别，既不会像连珠炮似的说个不停，也不会沉默到惹人怀疑。刚刚他一直都在老老实实地回答警察提出的问题。

“每天指的是……每一天？”

“每一天都对我们恶狠狠地拳脚相加，而且手段不止这些。对我和我老伴都是，这种事已经持续五年了。”

然而隐藏在“普通”外表之下的，却是令人痛心的躯体。当他在单间里更换运动服与运动裤的时候，隈岛看到了——他的身上到处都是瘀伤，既有看着是最近才添的，也有老旧发黑的。在胳膊肘到手腕之间还有一处深深的伤口，像是用指甲抠出来的，那里既没贴创可贴，也没有包扎绷带，而是直接暴露在外，甚至还在渗出脓液。不只是瘀青和伤口——千木在脱下衬衫的时候似乎有些困难，于是隈岛稍微帮了一把，直到这时他才发现千木的左手臂无法正常行动。问过后才知道，他的儿子曾经将他的肘关节往反方向掰拧。尽管后来去了医院，也没能彻底治好。

“但他没在我们脸上留过任何伤痕，大概是刻意的吧。他觉得这样我和老伴出门的时候就不会被人发现了。就像我小时候，霸凌者对被霸凌者出手时为了不让大人发现，于是故意不去打脸……或许他也是出于这种想法。”

隈岛是个单身汉，也没有孩子，所以很难想象孩子对自己施暴后，将孩子与自己看作霸凌者与被霸凌者的心情。

“您的意思是……已经无法忍受他的暴力行径了吗？”

“有一些，但不完全是。就像今天早上打电话时所说的那样，昨晚如果我不杀他，他就会杀我们。我只是选择了让我们活下去。”

隈岛盯着千木的嘴唇，因为他不敢直视对方的双眼。不只现在，自从千木来到审讯室后就一直如此。

其实这是隈岛第一次与杀人案中的嫌疑人面对面。今年一月在鹤丽山的避难屋里发现女高中生遗体那次，凶手还没等调查开始就自杀了。尽管隈岛认识那个凶手，但与他见面的时候从来没有想过他会是杀人犯，因此也没有感觉到害怕。事实上，也正因为自己从来没有怀疑过他，才没能尽早把他抓住。

“令郎……孝史与您的关系，可以再多讲一些吗？例如，他对您和夫人施暴的原因。”

不对，这种问题或许应该往后放放，现在应该多问问他关于杀人方面的细节？隈岛回头瞥了一眼，试图请示老前辈的决定，然而坐在圆凳上的户顷只是用眼神示意他继续。

先前，隈岛与户顷刚刚在与本案有关的两处地点进行过确认。

其中一处是案发现场，也就是千木家。

另一处则是千木口中的弃尸地点——御光川。

在千木家，他们向千木的夫人智惠子，在御光川则是向千木孝宪本人，详细询问了昨晚的情况，随后他们便带着嫌疑人千木孝宪乘车回到了派出所。

然而出乎隈岛意料的是，这次负责审讯的人居然是自己。他原以为这项任务肯定会由户顷这样的老手负责。说得再确切些，现在坐在户顷那个位置上进行学习的应该是自己才对。然而他们刚把千木带回派出所，户顷就突然对自己来了一句：

“你上。”

或许是因为自己在一月发生的女生遇害案中没有任何表现，户顷想让年轻人在这起案件中立功吧。毕竟凶手已经自首，想要解决案件并不困难。因此得知自己要审讯凶手时，隈岛的内心激动不已，一股成就感油然而生。但没想到真正面对杀人案的嫌疑人时，自己竟会如此胆怯。

“……这些可以讲吗？”

坐在桌子对面的千木问道。

“可以的，请说吧。”

隈岛慌忙准备好记事本和圆珠笔。千木用隈岛也能听到的声音深深吸了口气，随即像是阅读已经写好的内容那样，流畅地说了下去：

“那孩子是从回家之后开始对我们施暴的。他大学毕业后离开家门，在东京一家公司工作。后来结识了一名同公司的女孩，还与她结了婚，算是事业家庭双丰收吧。自从他三十二岁结婚以来，无论是盂兰盆节还是过年，他都会带着媳妇回家。过年的时候家人们一起参拜神社，品尝清酒，过着再平常不过的生活——至少我是这样认为的。”

然而就在六年前，孝史夫妇所任职的玩具公司破产。妻子很快找到了一份新工作，而孝史则打算自己创业。

“那些海外的，在国内还鲜为人知的电动玩具……还是电子玩具来着，总之，孝史打算推动它们的国外生产商与日本公司进行合作。这方面他没怎么详细讲过，所以直到现在我也不太清楚具体要做什么，不好意思。”

然而创业的准备工作并不顺利，开支越来越高。才过了一年左右就用尽了积蓄，没过多久孝史妻子便提出了离婚。

“话虽如此，但这些都是我儿子说的。究竟只是钱的问题，还是另有原因，这个我们也不清楚。”

与妻子离婚后，孝史回到了老家箕冰市，住在他原本住过的二楼卧室。那是五年前的五月，恰巧是市里忙着举办春季牡丹节的时候。

“当时他说还要继续做创业的准备。我觉得反正市里也有公司招人，要不就再找家公司，老老实实工作也挺好的……”

“当时您是这样对孝史说的吗？”

隈岛问完这句话后，千木先是沉默了片刻，能看到他的喉结在皮肤下缓缓滑动。

“我觉得不要给他压力，最后就没有说。我和老伴都在等着他自己重新振作起来。当时那孩子已经身无分文，我们就一直援助他……生活方面的费用更是一分没向他要。准备开公司的花销，用的都是我卡里的钱。”

尽管觉得家长这样做不太合适，但隈岛没有开口。不过话说回来，这么好的父母，孝史为什么还要对他们暴力相向？这句话还没问出来，千木便已先开了口：

“可是后来我没钱了。”

干燥的双唇半张着，就这样静止住了。

“这就是……他对您和夫人施暴的导火索？”

像是在强迫自己一样，千木艰难地点了点头。

“我算是有些积蓄。过去我是干汽车销售的，退休后也领到了退职金[1]。工作那会儿我的业绩一直是中等偏下，所以也算不上很多，但加上退休金，肯定是够我和老伴的棺材本了。可就在我儿子回家那年……我查出来个病，治疗费用也不便宜。”

千木说过去自己家里没人得过重病，就疏忽大意了，保险也没买过。

“您说的病是什么病？”

“癌症，肺癌。”

千木用指尖隔着运动衫敲了敲自己的右胸。

“所幸手术还算成功，肿瘤被摘了出来，没出什么大问题。”

隈岛发出一声感叹，稍过片刻才惊讶地问道：

“也就是说，您的病才刚好，孝史就对您动手了？”

千木含糊地摇了摇头，随即垂下视线。

“再怎么说……也没至于病刚好就动手。反倒是出院

1　日本职员在退休时可以一次性领取的一笔资金，有别于按月发放的退休金，但可以与退休金同时存在。

养病的这段时间里，他一直都在对我悉心照顾。我老伴感冒没法照顾我的时候，他还上网去查菜谱，给家里人做好吃的。家里的汤通常是味噌汤，有种在里面加了玉米笋的，就是那种特别小的玉米。那个出奇地好吃，嚼着口感也很好，直到现在我还记得。”

“但是身体康复之后，他就开始动手了？”

“嗯……算是吧。”

案发现场没有遗体，因此隈岛没能看到死去的千木孝史。但他们向千木的夫人智惠子要来照片，确认了孝史的长相。照片是用数码相机拍摄后打印出来的，背面还印着照相馆的商标。据智惠子说，这张照片是在七年前的新年拍的，拍摄者是孝史的妻子。照片里的三个人分别是千木孝宪、智惠子和孝史，他们围坐在桌旁，桌上摆满了年菜，还放着一个插着水仙花的小花瓶。孝宪与智惠子的面孔看上去相当年轻，让人不敢相信这是他们仅仅七年前的样子。照片里的两人都抬头微笑着。

光从照片上看，孝史的体形不同于父亲，是更偏瘦小的。他戴着最近已经不流行的银框眼镜，留着长长的刘海，用来遮挡与年龄不符的发量稀疏的前额。或许是因为醉意，他耷拉着下巴笑着，但这种笑容在隈岛看来相当扭曲。就像是一个平日里内向的、不怎么会笑的人突然过于兴奋，导致表情有些变形一样。

“一开始他还比较克制，比如只是戳戳脑袋，或者稍微在腿上踢一下……”

照片中面带微笑的孝史，看上去并不像是个会对外人施暴的人。但要说他看上去像不像是个会对自己年老体弱的双亲施暴的人，这个问题就不得而知了。

“后来暴力开始逐步升级？”

千木依然低着头，同时用手抚着高高的颧骨。

“他原本打算自己创业，可是一直失败。最后我们的钱也用完了，当时的情况可以说是相当窘迫吧，于是他就用暴力来发泄自己的不满。他越是困难，对我们下手就越重……或许就是这么回事。我和老伴都有退休金，所以多少能买些他需要的东西……可是退休金也不多，总是很快花完……他自己就算是想做生意，也没什么本钱……”

“您就没还过手吗？虽然他更年轻，但从体格上来看，似乎还是千木叔您更有优势。”

“过去我经常带着老伴和儿子在山里散步，所以……我应该算是挺有劲儿的。但事情不是这么回事，至少当时不是这么回事。如果他第一次出手的时候我就还手，后面可能就不会这样了。可是一旦错过机会，就没法还手了，再也没办法反击了。”

听完这句话，隈岛思索了好一阵子。先前千木将自己和孝史描述为“霸凌者”与“被霸凌者”，如今隈岛似乎有些明白他的想法了。

“具体来说，令郎的暴力行为升级到了什么程度？比如最近，他对您和夫人做过什么？”

背后传来一声轻响。似乎是户顷用笔尖在记事本上轻轻敲了一下。隈岛不知道这表示什么，但听上去像是对不合适行为的警告。于是隈岛转移了话题。

“算了，这个问题以后再说。总之孝史的暴力行为愈演愈烈，最终在昨晚，您被逼到了不是杀人就是被杀的境地，是这样吗？”

“和我在家里那时说过的一样。”

今早隈岛与户顷赶到千木家，是在千木孝宪打过电话约十五分钟后。

两人在箕冰新城的入口处关掉了警灯。沿路的住宅整齐划一，在前往千木家的路上，与他们交错而过的都是老人。有遛狗的老翁、清扫落叶的老妇，还有晃着手臂正在散步的老两口。

尽管名叫“新城”，但这里早在隈岛出生前十年就建成了，因此这里房屋和居民的年龄基本都很大。尽管也有和孩子住在一起的，但对这里的大多数房屋来说，住两代人都会比较狭窄，所以在定居于此处的二百九十户人家里，绝大多数都是六七十岁的老年人。

在门口挂着“千木”名牌的住宅前停下车子，隈岛与户顷在房门左侧看到一个停车位，上面停着一辆白色厢型车。两人走到车边向内查看——在鉴定科的同事到来之前，他们还不可以随意触碰证物，所以只能看看里面。不过可以看到，车内的后排座椅被折叠到前方，车后仓的位置空了出来。

来到门口查看水泥台阶时，两人发现正如报警的女士所说的那样，地面稍微有一点湿，看上去像是淋过雨，或是用水刷洗过。户顷抬起下巴对着房门示意，隈岛正打算按响门铃，却冷不丁地被户顷抓住了胳膊。隈岛不解地望去，对方却只是一言不发地敲了敲门。之所以不让按门铃，或许是因为后续要从那里提取指纹，又或许这是走访嫌疑人家里的规矩，但自己之前漏听了。

过来开门的是千木的夫人智惠子。她花白的头发梳成一个发髻，上身是一件穿旧了的灰色女式衬衫，以及同样颜色、已经开了线的对襟毛衣，下面则是一条厚厚的米色长裤。她的外表极为普通，如果要随便画一幅老年妇女的画像，最后画出的一定就会是她的形象吧。然而她的表情却毫不普通——皮肤与肌肉因疲惫而下垂，下垂的部位明显流露出畏惧与悲伤。双眼像是贝壳内侧般湿润，一看就知道她刚刚哭过不久。

隈岛与户顷报上姓名后，她微微点了点头，像活动人偶一样用僵硬的动作转过身体，示意他们进屋。

穿过昏暗的走廊，两人被带到客厅。只见榻榻米上摆放着一张普普通通的矮桌，对面坐着一位身材适中、个头中等的男子。见到隈岛与户顷，对方扶着桌子站起身来，向他们深深鞠了一躬。

——我就是千木孝宪，给你们打电话的人。

与不到一天前刚刚杀过人的凶手见面，地点还是案发现场，但隈岛却完全意识不到这种状况。一方面是因为对方实在不像是杀人犯，另一方面是因为屋内极为整洁干净。门口的鞋子摆放整齐，客厅里的各种家具也都井然有序——一尘不染的电视柜、木纹光润的佛龛，以及平整地摆放在榻榻米上的矮桌。矮桌上还摆着一个花瓶，里面插着一朵盛开的大波斯菊。它开得那样绚丽，仿佛完全不知道家里发生过惨剧。与其说这里是凶杀现场，倒不如说更像是要去走动的远房亲戚家。回过头想，或许正是因为智惠子与孝宪想要远离那种日复一日的残酷现实，才会将家里保持得如此整洁吧。

矮桌的正面已经摆了一个坐垫，不过来了两名警察。智惠子想去再拿一个，但户顷制止了她。她不禁茫然站在原地，双手尴尬地放在空中。

——报警电话是你打来的，对吗？

千木孝宪坚定地点了点头，随后户顷在他面前总结了先前在电话中提到过的内容。

——你确定吗？

——我确定。

——昨天晚上，你在家里用菜刀刺死了自己的儿子？

——是的。

千木把手放在左侧腹，表示刺的就是这个部位。户顷故意四处张望，对方立刻察觉到他的心思，随即指了指厨房。

——我是在那儿把他刺死的。当时地板上流了些血，昨晚被我擦干净了。厨房的地板上、走廊里，还有正门那边都有血迹。门外也有一些血迹，被我用水冲干净了。

——地板上的血迹是用什么擦的？

——浴巾，再加上地板清洁剂擦掉的。

厨房的地板看上去像是木地板，但其实只是带有木纹图案的地板革。尽管想要细致调查一番，但同样必须有鉴定科的同事在场才行。人员已经安排好了，稍后就会到达。

——用来擦血的浴巾是怎么处理的？

——装在塑料袋里，和我儿子的尸体一起扔进了河里。

——你说是用菜刀杀的人，那菜刀呢？

——也和我儿子的尸体一起扔进了河里……

——你还记得抛尸的确切地点吗？

——是在六黑桥上。

户顷立即联系派出所，安排人手前往六黑桥。同时申请往千木家增派人手，以便对千木夫妇分别问话。增援的两名刑警很快赶到，带着智惠子开车前往派出所。与此同时，鉴定科的同事也赶到了。户顷与隈岛趁着勘查现场的时候，在千木的指认下进行了实地调查。

千木的说明是这样的——

昨晚九点左右，千木在厨房里用抹布清理晚饭时被孝史摔在地上的炖南瓜。就在这时，孝史突然从二楼卧室下来，往千木的侧腹上猛地踹了一脚。倒在地上的千木以为孝史会继续对自己拳脚相加，便蜷起身子护住头部，但孝史揪起他的衣领，将他的身体翻转到仰面朝上，继而骑在他身上勒住了他的脖子。

——这个时候夫人在哪儿？

户顷问过之后，千木指着客厅边缘。那里是将厨房与客厅分开的门槛处。

——我老伴在那里看着我们。因为我平时总是跟她说……无论那孩子对我做什么，都别来制止他。当然，他对我老伴动手的时候，我还是会制止的，一旦这样，他就会转过头来对我拳打脚踢，可至少她就不用挨打了。但是反过来也一样……有一次我挨揍，我老伴去制止他，那孩子突然就对她动手。当时老伴正在给我熨衬衫，那孩子抓起熨斗就按在她腿上，后来她好一阵子都没法走路。

——所以你告诉夫人不要阻止令郎的行为吗？

——是的。昨晚也是，我被他勒住了喉咙。这也不是第一次了，通常我都是用劲儿喘气，等到他满意了，或者是觉得没意思之后也就完事了。再怎么说也不至于杀了自己的亲爹亲妈呀，所以平时他总是会及时停手。

可是昨天晚上，孝史掐在千木脖子上的双手始终没有松开，用的劲儿也越来越大，几乎要让千木失去意识。就在这时，他听到儿子的声音：

“我要宰了你们，然后我也去死。”那孩子当时是这么说的。

从表情上能看出来，孝史是认真的。

——能死在一起或许也不错。我最初是这样想的。可就在不知不觉中……

千木奋尽全力挣扎，甩开了对方的手。就在孝史失去平衡的当儿，千木趁机站起身来。他原本打算撒腿就跑，可双腿却不听使唤。正当他靠在厨房的水槽边时，脚步声从身后传来。千木一转身，立刻又被掐住了脖子。他的身体向后倾倒，脑袋撞在厨具的沥水架上，里面的菜刀掉进水槽里。不知不觉中，千木忘乎所以地伸手拿过那把菜刀——

最终，菜刀的刀刃深深刺入孝史的侧腹。孝史先是一动不动地低头看了看自己的肚子，紧接着大叫一声转过身去。随着他的动作，刀子也拔出来掉在地上。孝史惨哼着冲进走廊，千木只是在他身后愕然地望着。然而当意识到孝史正走向门口时，千木迅速追了上去。此时孝史已经来到门厅处，但双腿有些不听使唤，上半身狠狠地撞在门上。

——当时我儿子跪在地上……抓住面前的门把手打开了房门。

房门刚一打开，孝史就倒下了，只能趴在地上。但他还是用上身把门顶开，试图爬出门去。于是千木从后面一把揪住他穿的运动衫，把他拽了回来。

——当时我想，不能让别人知道这件事。

孝史就这样蜷缩在门厅处一动不动，没过多久就死去了。

“也就是说，你一开始并没有杀他的意思，对吗？”

重新审查过在现场整理的证言后，隈岛坐在桌子对面问道。千木握着拳头轻轻咳嗽了一声，低头望着自己的手，像是回忆般沉默了一会儿。

“我……没有这种意思。总之，就是当时大脑一片空白，只是想着他要杀我，他要杀我，我不想死，于是就抓起菜刀刺了过去。

“然后菜刀就刺进了他的侧腹……”

背后突然传来椅子腿在地板上摩擦的声音。

回头一看，发现户顷站起身来，正对着千木微笑。

“千木老哥，能麻烦您稍等一会儿吗？小熊[1]，你来一下。”

户顷打开审讯室的屋门走了出去。尽管有些担心能不

1　日语中，隈岛（kumajima）名字发音的前半部分与熊（kuma）读音相同，故有此外号。

能让嫌疑人独自待在这里，但隈岛还是站起身来，跟在户顷身后来到走廊。回头望去，在这个位置隔着屋门上的窗户还能看到千木，但那边应该听不到这里谈话的声音。

“刚才的表现，负一百分。”

突然遭到了户顷的批评。

“我审得很糟吗？”

“小熊……知道我们在做什么吗？”

隈岛答不出来，一下子愣住了。户顷用圆珠笔的尾端顶在隈岛的胸口：

“我们在调查杀人案，在审讯杀人案的嫌疑人。拘捕、起诉之前的所有工作要由我们全权负责。我们的工作是查清施害者对受害者做过些什么，而不是相反。至于案件的起因，等到起诉后由法官确认就行。不管怎么说，现在只需要考虑施害者做过些什么。”

户顷说得没错。不过就初次对杀人案嫌疑人的审讯而言，隈岛觉得自己做得还算可以，说是负一百分也未免太夸张了吧。隈岛刚想辩解，但户顷又抢在他前面开了口：

“因为这个，我扣你十分。”

“剩下的九十分呢？”

户顷的一条眉毛像毛虫那样拱了起来，圆珠笔的尾端这次直接指到隈岛脸上。

“他说的话，你是不是全都信了？”

隈岛顿时尴尬得像是刚刚发现自己已经裸奔了很久一样。

“杀人案的嫌疑人，没有几个会对警察一五一十地说出真相。他们嘴里的话，一句也不能当真。”

（二）

透过屋门上的窗户，千木望着站在走廊里的两位刑警。

听不清他们的对话，声音像是隔壁传来的电视声，仅能听到一些尾音。

不一会儿两人回到房间里，又分别在先前的位置坐下了。

“抱歉，让您久等了。”

隈岛刑警的声音似乎比刚才低沉了一些，神色好像也变了，简直像是在短短的一分钟里成熟了好几岁。

“关于杀害孝史的事——”

听到隈岛接下来的话，千木隐隐猜出那位老前辈刚刚在走廊里对他说过些什么了。

“您确定刚才说的话准确无误吧？例如，您有没有记错什么，或是说过与事实不符的话？”

千木在头脑中重新过了一遍自己刚才所说的话。孝史离家独立，公司倒闭，离婚，住回老家，计划创业但失败，自己的医疗费不断增加，家境越发窘迫，施暴的开始，暴力不断升级，直到昨晚自己险些遇害。

——我要宰了你们，然后我也去死。

在用双手掐住千木脖子的时候，孝史的语气无疑是认真的。

为了不被杀害，就只能杀死对方。

当沥水架上的菜刀深深插进孝史的侧腹时，一口热气重重地喷在了自己脸上，血迹像是描绘地图一样在儿子穿的运动服上迅速漫延开来。孝史大叫一声转过身去，踉踉跄跄地向着走廊走去，千木忘乎所以地追在后面。就在儿子竭尽全力把门打开之后，千木亲手把他拽了回来。因为不想让别人知道这件事，因为必须隐瞒这件事。孝史蜷缩着身体在门厅处死去，死前甚至没有留下任何一句话。

自己说过的话全部都是真的。

只有一处并非如此。

“我确定我没有说错。”

说完这句话后，隈岛身体前倾，直勾勾地盯着千木的眼睛。他粗重的眉毛聚在一起纹丝不动，胡须的剃痕清晰可见，甚至还能看到几根没剃净的胡须倔强地留在脸上。

“我知道了。”

隈岛终于点了点头，继而向身后瞥了一眼。户顷一言不发，只是微微收了收下巴。从方才起，他似乎就一直在审视那位年轻刑警的工作，甚至比监督千木回答问题还要用心。

“然后是弃尸……关于您遗弃孝史尸体的事，我要再问几个问题。”

隈岛刑警看上去三十岁左右，户顷刑警则是将近六十岁。

差不多正好是十五年前自己和孝史的岁数。

如果自己和孝史也能有他们这样的关系，现状想必会大不相同吧。自己和智惠子从没对孝史严厉过。从小到大，他一直是个好学生，文静、善良、从不惹麻烦。他先是独立后离家，在东京结婚又离婚，后来又失业回到老家，可自己和妻子从没指责过他。因为他一向都是个好孩子，就算歇歇又有什么大不了呢？在家里住了一段时间后，无论是在他的眼中看到对人生的放弃时，还是受到他暴力对待时，两人都坚信着也许明天他就会变回过去的那个孝史，也许后天家里就会和谐如初。与此同时，两人还总是无谓地回忆起往事：就在孝史还没上幼儿园的时候，千木去理发店剃了个头，回来后儿子被吓得哇哇大哭，说是陌生人来了。上小学参加演出的时候，儿子忘了台词，只好呆呆站在原地看其他同学表演。夏天的放学路上，儿子找来好多紫茉莉的花种，回家自豪地捧给他们看。第二天，全家人一起去超市买来一些花盆，将种子种在里面。回家路上，正午的阳光照在孝史脸上，他脸上细细的汗毛闪着白亮的光辉。他告诉千木，自己以后每天都会给它们浇水。

“今天早上您在家里向我们讲述了遗弃孝史尸体的经过。之后在弃尸现场的六黑桥那里，我们也做过详细的询问。”

六黑桥是鹤丽山前的一座古桥。尽管是双向车道，但宽度其实仅能容一辆车通过。所以要是过桥之前对面有车驶来，司机就只能在桥头等待。会驾车经过的基本只有附近的居民，而且附近的街道上连一盏路灯都没有，到了晚上几乎没有任何车辆经过。昨晚更是连一盏车灯都没人看见。

“您当时说的那些话也全都是真的吗？”

“都是真的。”

今早，隈岛与户顷来到千木家后没过多久，一对身穿蓝色工作服的男女同样赶到，并以厨房为中心在屋内进行检查，他们应该是鉴定科的同事。当时户顷与他们耳语几句后，便继续向千木进行询问。

——您是怎样把令郎的遗体运到六黑桥的？

——我从院子的仓库里找出一卷过去用过的晾衣绳，还有一张野餐布，用它们把尸体裹住绑牢，然后搬了出去。之前我也说过，厨房、走廊和门口的血迹是用浴巾擦掉的，浴巾我也一起包进去了。

——这些事是您和夫人一起做的吗？

——我一个人做的。我告诉她什么也不要做。

——您用来运尸的，是停车位上的那辆白色厢型车吗？

——是的。

——那是您的车？

——是我的车，但我已经很多年没开过了。之前都是我儿子在开，他不让我开。

户顷让他把车钥匙拿来，于是千木向门口走去。门口的鞋柜上放着一个带着旋涡图案的碟子，那是千木一家人去枥木旅行的时候买的，里面放着钥匙之类的物品。当千木打算从碟子里取出车钥匙时，跟在他背后的隈岛用短促的声音制止了他。随后隈岛戴着白手套，像对待危险品一样轻轻拈起钥匙，又从口袋中取出一个带封口的透明塑料袋，把钥匙装进去，交给了身边的鉴定人员，接着又与对方耳语几句，然后转过身来。

——我们现在要去弃尸现场，再详细问您几个问题。

不清楚这究竟是弃尸案的一般流程，还是考虑到千木的年龄，想趁他在记忆淡薄之前把该问的先问出来。总之，千木被刑警们带到他们自己开来的那辆斯巴鲁力狮 B4 上，隈岛负责开车，千木与户顷坐在后排。

车开到六黑桥后不久，另一组鉴定科的同事也到达了。他们封锁交通并展开工作后不久，大批穿着连体工作服的探员赶到现场，在户顷的指示下开始对河道进行排查。

“当时在弃尸现场问过的问题，我再确认一遍。”

隈岛刑警在桌子对面翻了翻记事本。在家里和六黑桥的时候隈岛刑警都戴着白手套，因此千木没有发现，但直到这时他才注意到隈岛手上的汗毛相当浓重。

“首先，能告诉我昨晚你是几点到达六黑桥的吗？”

“昨晚到达那边的时候我没看时间，但把孝史的遗体扔进河里过后，等回到家的时候已经过了半夜两点。我在桥上的时间并不长，从那边到我家开车也就三十分钟左右……我是一点左右离开家门，所以开车到达那边，应该是在一点半左右吧。”

回到家的时候，千木已经筋疲力尽，只能拖着两条腿走路了。当他终于打开家门时，智惠子正坐在门厅的矮阶上，与千木出门时是同一个地方，维持着同一个姿势。屋里没有开灯，即便如此，依然能看到她黑色的身影在微微颤抖。上半身像是触电般偶尔抽搐一下。

——尸体的事，你不用担心了。

千木轻声说道。对面的黑影微微点了点头。

“你在昨天半夜一点半左右把车停在六黑桥上，从车后仓里拖出裹在野餐布里的孝史的遗体，扔到护栏外面去了？”

“是这样的。”

“遗体掉下去后怎么样了？”

“桥底下一片漆黑，我没看清楚，只能看到蓝色的野餐布若隐若现的，浮在水面上越漂越远。”

隈岛刑警盯着手上的记事本看了一会儿，又前前后后翻了几页，但没过多久，他的眼神突然涣散了。他用拿着笔的那只手挠了挠太阳穴，仿佛一个看不懂教科书的孩子，那张国字脸看上去也突然显得幼稚了许多。

“千木叔……我问一下。”

隈岛抬起头来，开口询问的时候脸上依然是刚才那副表情。

“我知道这个问题可能有点晚，但您为什么要来自首呢？”

“因为我杀了自己的儿子。”

“不是这个意思……我是说您好不容易把屋里的血迹清理干净，遗体也扔进了河里，为什么到了今早却又要自首呢？”

“因为我觉得迟早会露馅。”

千木的这句话倒是不假。

“就算他没有工作，也没什么社会上的人际关系，但一个人凭空消失，终究还是会惹人怀疑。可能会有人向我或者我老伴问起他的情况，实话说不了就只能撒谎，可是撒谎越多越会惹人怀疑，最后总会有人报警——到了今天早上我是这么想的。而且要是继续隐瞒下去，一旦暴露，罪名会更加严重，对吧？”

“那当然——”

话到一半突然停了下来，隈岛摇了摇头：

“不清楚，这个不是由我们决定的。”

这个刑警可真是老实得出奇。碰上这种刑警，搞不好原本打算招认的嫌疑人也不会讲真话了。

“也就是说，您自首是出于自我保护？不是因为想要偿还杀害孝史的罪孽，而是担心自己的行为迟早有一天会暴露，觉得越是隐瞒，罪名就会越重？”

“是这样的。”

千木再次老实地点了点头。

自己和妻子究竟做错了什么？究竟是从哪里开始出的错？在忍受着孝史的暴力行径，与妻子在死寂无声的家里惊惧不安的同时，千木每天都在想啊想啊，连脑袋都要想破了，但依然没能找到答案。儿子不断升级的暴力行为不只彻底摧毁了现在的自己和妻子，也同样摧毁了十年前、二十年前、三十年前的自己和妻子。要是当初能找人聊聊这件事，或许现在的情况就会大不一样了。然而他们始终没能这样做，最终让孝史逐渐堕落成了一只恐怖的怪物。直到昨晚，他甚至想要杀死自己的亲生父母。当时他的动作明显是认真的，要么杀人要么被杀，别无选择。正当千木准备向面前年轻的刑警吐露自己的心声时，一股刺痛突然在肺里进气的位置蔓延开来。

“您没事吧？”

看到千木咳得上气不接下气，隈岛赶忙绕过桌子。户顷刑警也站起身来，但千木捂住嘴巴对他们摆了摆手。这样的咳嗽与做肺部手术的时候相比，根本算不了什么。

“只是因为……好久没说过这么多话了。”

不久后，咳嗽声平息下来，两位刑警用目光短暂交流过后，户顷提出了休息的建议。

“稍微休息一会儿再继续吧。”

“谢谢。”

“要躺一会儿吗？”

“不用，这样就好。”

等到呼吸平稳后，千木向隈岛问道：

“智惠子她……怎么样了？”

看来他早就想问这个问题了。

“她在另一个房间里，后续我们打算向她详细询问案件的情况。”

“我老伴，她能回家吗？”

“这个还不清楚。”

至于他自己，就无须询问了。

“我就只有一个请求……”

千木探着身子说道。对面的刑警一开始看上去明明是一副很乐意帮忙的脸色，但那副表情很快变得为难起来。

“可以让我吸一支烟吗？”

“不可以。”户顷刑警立即回道。

“顺便劝您一句，烟还是戒了的好。不过千木老哥，您得了肺癌还吸烟？”

“手术前后那段时间确实是戒了，可是……肺里坏掉的地方切除后，就又忍不住想吸……当然，我跟医生和老伴都没说过。”

千木回忆起昨晚自己坐在车里，手里握着香烟和打火机——它们与自己接下来将要做的事情密不可分。这个金属打火机是自己的肺癌还没被发现的时候——比那时还要早得多，是自己甚至还没觉得自己老了的时候，智惠子送给他的礼物。那天是他的四十岁生日。拆开包装后，他看到了这个沉甸甸的、看上去相当高级的打火机，上面还印着自己年轻时最想要的美国房车的图案。找到这样的打火机，智惠子想必下了好大的功夫吧。

自那以后过了三十多年，千木始终也没能拥有一辆真正的房车。在做汽车销售的时候，他不能开其他品牌的车。等到退休后，他既没有足够的资金，也没有那份心情了。在不知不觉中，他已经彻底忘记了过去对房车的渴望。

（三）

第二天早晨，隈岛再次站在千木家门口。

鉴定工作昨天已经完成，一切结果都印证了千木的供词。

只不过作为证据，它们的说服力十分薄弱。尽管在厨房、走廊、门厅和门把手上都验出了血液成分，但每个地方都被仔细擦拭过，验出量微乎其微。鉴定科的同事表示，就这么点血液成分，即使说是磕磕碰碰时留下的也没什么问题。至于门口的水泥地上，根本就没有验出血液成分，可能是因为上面的血迹原本就很少吧。

从汽车上也没有找到它被用于弃尸的确凿证据。尽管车后仓的地垫上确实缠绕着可能来自野餐垫上的纤维，但无法证明它们是在案发当晚留上去的。此外，在驾驶席及旁边验出了大量千木孝宪与孝史的指纹，同时还在烟灰缸里发现了一个烟头。香烟的品牌是七星（MEVIUS），从过滤嘴处验出了千木孝宪的 DNA 成分，但无法得知烟是什么时候吸的。

在对智惠子进行问讯后，得到的证词与千木孝宪的一致。不过两人是夫妻关系，她的证词很难算作证据。此外，刑警们在对智惠子进行问讯的过程中接到鉴定科的联络，并得到了关于千木孝宪衣服与鞋子的化验结果，上面没有验出任何血迹，因此它们同样不能成为杀人或弃尸的证据。

昨天傍晚，在派出所结束对千木夫妇的问讯后，隈岛与户顷前往箕冰新城，再次对案发现场——千木家进行了检查。随后两人在附近做了细致的打听，并从住在千木家后面的一位老人口中获得了信息。对方表示案发当晚，他听到了男子的叫声。时间在晚上九点左右，正好是千木孝宪在厨房用菜刀刺进孝史侧腹的那段时间。但在进一步询问后，对方也不能断定当时听到的叫声一定是孝史发出的，或者声音一定是从千木家里传出来的。

当然，除了附近的居民以外，他们同样找到了最开始报案的那名女子，并对她进行了询问。不过遗憾的是，她所能提供的，也就仅仅是报警时说过的那些消息了。

即便将所有证言与鉴定结果全部放到一起，证据也过于薄弱。警方不得不放弃申请对千木孝宪的正式逮捕，夫妻二人昨晚被送回到家中。对隈岛来说，这是他第一次见到承认自己杀人的人，也是第一次见到这样的人能离开派出所重新回家。

可是警方也很无奈。

毕竟最关键的尸体还没有被发现。

即便有当事人的供词，但如果没有尸体，依然不能以杀人或弃尸的罪名对其进行逮捕。当然如果有照片，或是案发现场残留着大量血迹，就另当别论了，但至少仅凭口供是很难实施逮捕的。如果嫌疑人可能逃跑或湮灭证据，视情况也可能破例进行逮捕，但在这种情况下，即使逮捕，检方决定起诉的概率也近乎为零。这些情况昨天户顷对隈岛解释过，但隈岛在上警校的时候早已学过，不需要再被讲解。

至于孝史的遗体，警方已经发动全部人手，在六黑桥周边的河底、河道下游，甚至是海岸线附近进行搜索，但仍旧没有任何发现。也向六黑桥附近的居民打听过了，他们没看到在深夜过桥，或是经过附近的人。

派出所原本就缺人，又分出去不少搜索遗体，因此今天隈岛与户顷是分头行动的。户顷负责在御光川附近与箕冰新城继续打听情况，而隈岛现在正站在千木家门口。

看了眼手表，早上七点三十四分。

千木夫妇究竟怎样了呢？

昨晚在千木家做完取证工作后，已经过了晚上八点。那个时候智惠子已经可以回家了，但她想知道丈夫的处理结果，久久不愿离开派出所。最后警方表示因证据不足，千木孝宪可以回家的时候，她顿时趴在桌子上像个孩子一样号啕大哭。等她平静下来后，警察把千木夫妇送上汽车，由隈岛开车把他们送回家里。到家的时候已经接近午夜了。

隈岛把耳朵凑到门口附近。

能听到电视的声音。或许是他们觉得自己的案子会上电视，这会儿正在看早间新闻吧。不过在这起案件中既然没有发现遗体，就没有逮捕嫌疑人，当然也不会把消息公开给媒体，所以案情目前不会被报道。

隈岛按下门铃，过了一会儿，里面传来声音。

似乎有人在门后走近。

“我是箕冰派出所的隈岛。”

正如自己隐约预料的那样，很快房门就从里面打开了。站在面前的人是智惠子，她穿着与昨天一样的衣服，面容却比昨天更加憔悴。

“还是想来找两位谈一谈。我觉得过了一晚，两位可能会想起什么新的事情。”

“请进。”智惠子将隈岛请进屋内。

“我老伴……他身体不太舒服，正在休息。”

电视机里的声音突然变大了，隈岛听到一名年轻男子正在兴奋地谈论着什么。声音之所以这么大，可能是因为老两口原本就年纪大耳背，再加上智惠子一只耳朵听不见吧。警方是在昨天问讯的过程中注意到她的听力有问题的。询问后得知，她在大约半个月前被孝史扇了一巴掌，耳鼓膜被打破，直到现在还没彻底愈合。

“千木叔在哪儿休息？”

隈岛问完，智惠子指了指走廊右侧的一扇门。

“稍后可以向他也请教几个问题吗？”

“只是聊聊的话，应该没什么问题。”

智惠子穿过昏暗的走廊，动作十分缓慢，像在水中行动一样。地板上有一些黑色的粉末，那是鉴定科的同事在提取指纹时留下的铝粉。

到了客厅，智惠子给隈岛拿出坐垫，隈岛鞠躬后坐了下来。

电视屏幕上放映的似乎不是节目，而是一段录像。时间是在白天，光线十分明亮。画面里有一顶帐篷，地上是一张折叠桌，桌上摆着五颜六色的陶器。画面中心有一个戴着眼镜，看上去像是高中生的男孩，旁边站着一位身穿长袖连衣裙的女士，正是过去的智惠子。

“决定好了，可以吗？”

戴眼镜的男孩扭头望向镜头。手持摄像机的人向前伸出一只手，比了个“OK”的手势。画面右下角显示着“1997-10-10 2:44:13PM”，看来这是在二十四年前，与现在差不多的日期里拍摄的。十月十日，记得应该是那一年的体育之日[1]。

“我付钱，算我请你的。”

年轻的智惠子看上去有些惊讶。就在这时，男孩已经拿起一个带着旋涡图案的碟子，兴冲冲地在人群中跑远。他来到一个店员模样的女子身边，但等到对方转过身来时，他却突然像是泄了气一样，开口说了些什么。

“他就是孝史吗？”

智惠子点了点头，接着伸手拿过桌上的遥控器。

按过电源键后，屏幕暗了下去。

“刚刚的碟子，难道就是放在门口的那个？”

1　日本的国民节假日之一，要旨是“爱好体育，培养健康的身心”。书中的时间是1997年，此时日本的“体育之日”为每年的10月10日（为纪念1964年东京奥运会开幕式）。自2000年后，“体育之日”改为10月的第二个星期一。

“是以前……我们在益子[1]逛陶器市场时买的。”

智惠子轻轻动了动嘴唇，随后坐在矮桌对面，低头驼背一言不发，视线像是在盯着自己的眼睫毛一样。毕竟一夜之间，她既成了受害者的遗属，又成了施害者的家人，憔悴万分的她，可能连现实都无法接受。就连桌上插在花瓶里的那朵大波斯菊也别着脸，像是不愿去面对她。

“屋里太暗了，不好意思。因为我总觉得附近有邻居在偷看。”

智惠子背后的窗户对着院子，但这会儿窗帘是拉上的。

“这个也是怪我，之前在附近的人家打听过情况。”

“他们知道孝史死了……”

“这个倒是没有，我们没说得那么具体。只不过他们可能还是会对您家产生各种想法。”

昨天与户顷在附近打听过后，隈岛了解到一个在对千木夫妇的问讯中没能得到的事实。

那就是，邻居们始终都在用异样的眼光看待千木家。

原因是大约三年前孝史做出的古怪行径。当时他动不动就从二楼卧室的窗户里伸出脑袋大声嚷嚷，有时候只是

---

1 位于日本栃木县东南部。当地盛产的陶器“益子烧”以朴素实用并不失美感而闻名。每年春秋两季，当地都会举办盛大的陶器市集。

发出毫无意义的怪叫，有时候是用极快的语速念叨些什么。能听懂的那些基本都是老一套，比如有人要毁了他的生活，或者有什么人要害他。给人的感觉就像是针对个人的小型阴谋论一样。

——过去他们夫妻俩可是既友善又和蔼呢。

住在附近的一位老婆婆当时用手掩着嘴巴轻声说道。

——可自从他们儿子回来一段时间后，我就再也没见他俩笑过。我一开始还以为是男主人生病的原因……可从前年开始，他们家的儿子变成那样之后，我才知道是怎么回事。

千木夫妇烦恼的源头就在于孝史——不仅是这位婆婆，其他的邻居也普遍这样认为。

——毕竟是外人，这么说不太合适……但我是真的很可怜他们老两口。

隈岛与户顷询问案发当晚她是否听到过什么动静，但婆婆平时早睡早起，因此并不清楚。为防万一，他们还问婆婆是否在半夜听到过汽车发动机的声音，当时婆婆猛地瞪大了眼睛。隈岛原以为能得到什么有用的消息，但立刻就失望了。

——车的事也很过分呢。他们家就那么一辆车，还被儿子霸占去了。之前在公交车站遇到他们家男主人，我问他去哪儿，他说去医院。我知道他开过车，就问怎么不开车过去呢，结果他说儿子要用，还硬是跟我笑了笑。

见自己的话没被打断，婆婆瞪着眼睛继续说了下去。

——最可恨的是，他儿子明明没什么事，或者说根本就是没事，可就是喜欢坐在车上，再就是开着车像巡逻似的慢吞吞地在附近转悠，还鬼鬼祟祟地望来望去。

紧接着婆婆又开始滔滔不绝地讲起在这片区域没法用车究竟有多麻烦。说到一半的时候户顷轻轻打断了她的话。两人表示过感谢之后就去了下一家。

“您与身边的其他人谈起过孝史的事吗？”

“毕竟是家丑……”

智惠子用布满老年斑的双手捂住内侧的眼角。衬衫袖口掉了下去，隈岛看到了她枯瘦的手腕与上面那些令人痛心的伤痕。有两道像是把手腕夹住一样的笔直的伤疤，它们溃烂过一次，后来好不容易才愈合的，但是留下了深色的疤。隈岛在昨天问讯的过程中得知，这是孝史用剪刀剪出来的。

尽管受到过户顷的警告，但隈岛依然忍不住会与千木孝宪和智惠子共情。他无论如何也很难将千木孝宪与“施害者”、千木孝史与“受害者”联系在一起。隔壁婆婆所谓的“可怜”还仅仅只是针对孝史的怪异行径，要是让她看到留在老两口身上的暴力痕迹，她又会怎么说呢？

隈岛没有父母。他的父母是在一起驾车事故中去世的。当时隈岛只有两岁，甚至不记得父母的长相，连事故本身都是后来听大他六岁的哥哥说的。

父母去世后，隈岛与哥哥在市里的祖父祖母家长大。

其实隈岛并不在乎自己没有父母，毕竟从他记事起就一直如此。可自上小学起，周围所有人——无论大人还是孩子——都会用怜悯的目光看待他们兄弟。所以隈岛喜欢到处做恶作剧，他想通过这种方式告诉别人，没有父母也不算什么大事。身边有人搞怪他就大笑起哄，没人搞怪他就自己做些蠢事。即使合唱市里的小学生都会唱的《今年的牡丹真漂亮》，唱到“绕啊绕啊绕着耳朵，咣咣咣”与“绕啊绕啊再来一遍，咣咣咣”这两句的时候，他总会跟着歌词做出要脱裤子光屁股的动作，为此没少挨老师的骂。每次挨骂的时候同学们都会笑成一片，因此不管被骂多少次，每当快要唱到这两句的时候，他都会像患有强迫症一样把双手放到腰间两侧。等到上了高中他把这件事告诉大哥，才知道大哥也干过同样的事。两人顿时相视大笑，然而没笑多久，两人就在不知不觉中沉默了。

——要是他们还在就好了。

片刻过后大哥说道。他指的是父母。隈岛过去从未听大哥说过这样的话，所以一反常态地有些慌乱。他在慌乱之中思索着要说些什么，最终却无话可说。他只是依稀回忆起小学运动会上举行亲子接力赛的时候，祖父轻易就被那些年轻的父亲赶超的情形。当晚他睡不着觉，但祖母以为他睡着了，在身边轻轻抚摸自己的脑袋。

“可以在您家里再检查一遍吗？”

甩掉伤感，隈岛站起身来。

智惠子含糊地晃了晃脑袋，隈岛就当是答应了。他打开通往厨房的拉门，撒在这里的铝粉比在走廊上的更加明显，整个房间显得像发霉了一样。尽管取证工作已经结束，但警方还是以有可能发现其他线索为由，希望千木夫妇尽可能不要进入厨房。当然并不是禁止，而是单纯以建议、请求的方式提出的。

在水槽前的地板革上有一处小小的划痕，据鉴定科的同事表示，它很有可能是刀具造成的，同时这里也验出了血液成分。根据千木孝宪在证词中的说法，当孝史被刺中并转身时菜刀掉在了地上，所以划痕可能是那个时候造成的。然而没有证据断定事实如此，千木本人也不记得当时菜刀掉落的具体位置。

来到走廊，经过千木孝宪正在休息的房间，登上通往二楼的楼梯。二楼有孝史的卧室和他用作储藏室的四叠间。昨天与户顷一同检查的时候，隈岛发现两个房间都格外杂乱，和一楼给人的印象截然不同。

来到二楼，隈岛首先打开四叠间的房门。房间里堆满了贴着英文发货单的箱子，它们似乎是孝史为了“创业”而订购的。地上乱糟糟地散落着原本装在箱子里的物品，看上去似乎都是国外的电子玩具。有球状无人机，外形接近手掌、像是可以运送物品的无线遥控车，还有脸上带着屏幕的方盒机器人。昨天自己和户顷试了几个，可是因为没电，没有一个能打开的。此外房间内侧还有一个似乎是搬家时用过的纸箱，上面用工整的字迹写着“二楼小屋”几个字。昨天打开它检查的时候，发现里边有一堆电线、一些像是电子玩具零件的物品，以及一个带着镜头、约手掌大小的立方体形物体，看上去像是可以连接电脑的网络摄像头，孝史究竟是用它来做什么的？

离开四叠间打开对面的房门，孝史的房间里弥漫着经久不散的烟味。烟灰缸直接放在地上，里面满是烟灰与七星牌香烟的烟头。墙角摆着许多空咖啡罐，里面基本也装满了烟头。除此之外，房间里到处都是系着口袋的塑料袋，不过里面装的都是垃圾。有些吃剩的面包和酸奶上已经布满了霉菌，散发出一股恶臭。孝史的手机躺在房间一角，屏幕已经彻底碎裂，上面的裂痕看上去不像是不小心掉在地上，而像是用硬物砸碎，或是狠狠地摔在地上一样，连电路板都暴露在外。谨慎起见，警方与通信公司取得过联系，经确认后发现这台手机早在两年多以前就因欠费而解除服务合同了。

这个房间让隈岛想起了夏天发生在市里的一起自杀案。

这起案件发生在城乡接合区，那里坐落着一片比箕冰新城年头更久的住宅区。当时警方接到报案，说在离群的一户人家里有一名中年男子身亡，于是隈岛负责前去查看现场。该男子是上吊身亡，房间里的物品少得可怜，他被一根绳子吊在天花板的横梁上。由于没有他杀的迹象，因此调查当场就结束了。隈岛向与死者同住的母亲询问状况，那位哭得上气不接下气的老母亲告诉他，自己死去的儿子是个外人眼中的“家里蹲”。

自杀的男子与孝史年纪相仿，两人都脱离了社会，住在老家的二楼，最后也都想到要结束自己的生命。然而两人的行为却大相径庭，一个选择静悄悄地上吊自杀，另一个则打算在自杀前杀死自己的父母。

隈岛之所以无论如何也无法将千木孝史视为“受害者”，

或许正是因为他依然记得发生在夏天的那起案件。

踏着因渗入烟油而变色的地毯，隈岛走到孝史经常发出怪叫的窗口。拨开浅绿色的窗帘向下望去，只见树篱对面站着一对高龄男女，两人看样子似乎是夫妇。他们的脑袋左摇右晃的，似乎想往树篱内部窥探，没过多久后他们注意到隈岛，抬头望了过来。那名老翁是昨天自己在打听消息时见过的人，而老妇就不认识了。

隈岛想问她几句话，于是离开窗边走出房间，以最快的速度下楼开门——但两人此时已经不见了。走出院子来到树篱附近，依旧找不到两人的身影。消失得这么快，简直像是刻意躲避一样。向院内窥看的时候明明那样兴致勃勃，自己却一点都不想被牵扯进麻烦事里？真不清楚他们到底想不想知道这家发生的事，想不想知道刑警来这儿询问的理由。

隈岛回头向千木家望去。

房子的外观与周围的其他人家别无二致，都是显而易见的商品房。过去它可能确实不负“新城”之名，但如今这里的墙壁、屋顶以及房屋本身给人的感觉都随着时间的推移而变得陈旧。花园里的草坪绿油油的，十分平整，正门侧面有一个水龙头，侧面放着一套卷盘式的水管。旁边是一个铁皮小仓库，千木孝宪就是从那里找出晾衣绳和野餐布包裹住孝史的遗体，再搬到车上的。

隈岛走过去打开仓库门。这里昨天也检查过，但没能发现什么有用的线索。里面有粘着泥土的花架、大大小小的花盆，以及装着少量腐叶土的袋子。立在一旁的铁锹尽管不像新品，但是非常干净，就像从没用过一样。话说回来，为什么会是六黑桥？

一个问题突然出现在隈岛的脑海中。

为什么千木孝宪要把孝史的遗体从六黑桥上扔进河里？

千木下定决心要自首的时间，是犯案翌日的清晨。反过来说，案发当晚他依然打算隐瞒杀害儿子的行径。

那么，为什么会是六黑桥呢？

隈岛听过一名杀害女学生的男子主动对他提起“六黑桥”这个名字的来历。鹤丽山、明神瀑布、御光川，还有六黑桥这几个名字，其中“鹤丽山”原本叫“隐之山”，“隐去”一词带有“死亡”的含义。这个名字的来历，据说是寄宿在山中的一位神灵会夺去人们的生命。神灵栖息的场所叫明神瀑布，但原本的写法应该是“冥神瀑布”，“冥”就是“阴间”的意思。死在瀑布中的人们被视为献给神明的祭品，也就是说，他们会作为供品被神明带走。尸体在“御供川[1]”里顺流而下——后来那条河被改名为“御光川”。在“冥神瀑布”变为尸体的人顺着“御供川”漂向下游，在山脚的第一座桥下通过。那座桥叫作“尸骸桥[2]”，也就是现在的“六黑桥”。

不知这些故事，千木孝宪是否同样知道？

若是知道的话，那为何要选择在六黑桥抛尸？

不，不行。这种思维方式过于不切实际。隈岛在仓库前摇了摇头，继而深深吸了口气。

他想起户顷说过的话。

——不管怎么说，现在只需要考虑施害者做过些什么。

千木孝宪做过的事。

他在这间房子里杀害孝史之后，用野餐布把遗体连同凶器与沾血的浴巾一同包裹起来，再装到车上运走。

——他们嘴里的话，一句也不能当真。

他说自己去的是六黑桥，然而真的是这样吗？尽管时间是深夜，而且极少有车经过，但在那里依然很有可能被人

1　御供川（gokuugawa）与御光川（gokougawa）在日语中读音相近。

2　尸骸桥（mukurobashi）与六黑桥（mukurobashi）在日语中读音相同。

看到。如果遗体是在那座桥上丢弃的，其实极有可能早就被发现了。御光川并不是一条笔直的河流，而是存在许多缓弯，遗体扔进去很有可能被冲到河岸上。即使没被冲到河岸上，而是漂进大海，最终也很有可能被海浪打回海岸上。正因如此，警方才会兴师动众地出动大量人员，不只是对御光川，更是对包括海岸线在内的广大区域进行搜索。将孝史的遗体装到车上的时候，难道孝宪没有考虑过其他更加合适的地方吗？事实上，车子开过六黑桥后很快就能抵达鹤丽山。若是绕过山脚向北，山的对面就是广阔的夜目森林。尤其是夜目森林，里面为了管理树木而开辟的羊肠小道杂乱交错，作为弃尸地点更是再合适不过了。难道孝宪不会觉得与御光川相比，把尸体埋在鹤丽山或是夜目森林里才更难被人发现吗？

与其这样假设，不如直接询问当事人。于是隈岛回到门口，毕竟智惠子方才表示虽然千木孝宪因为身体状况不佳还在休息，不过谈几句话还是没问题的。

在门厅处脱皮鞋的时候有些踉跄，隈岛用手在鞋柜上扶了一下。鞋柜上摆放着用来放钥匙的碟子，那正是他刚刚看到的家庭录像里孝史手中的碟子。碟子整体呈灰色，上面有一个旋涡状的图案，是在栃木县益子町的陶器市场上买来的。隈岛聚精会神地盯着它。他并非有意，而是突然觉得有一根看不见的丝线拉着他的意识要他这样去做。事后隈岛多次回忆起这时，总觉得这是自己成为刑警后，第一次有过所谓的直觉。

那根丝线的力量越来越强，试图将隈岛拽向某个地方。当隈岛顺从它的时候，耳边那些细小的噪声就会趋于平静。隈岛的心里有个声音在说“不对”，然而他并不知道这个声音究竟是自己发出的，还是那根丝线的另一端发出的。“不对，不是这边”——那根拽得紧紧的丝线一点点改变了方向。碟子上方——碟子本身——碟子下方——鞋柜内侧，意识的方向始终在进行细微的调整。隈岛蹲下身子，将手放在鞋柜的柜门上，继而向左滑开。长靴、旧皮鞋与浅口女鞋仿佛展品一样在眼前整齐排列着。在最左边的柜门后面有两个长方形鞋盒，当隈岛把手伸向这些放在暗处的鞋盒时，那根无形的丝线突然像是完成了使命般，“啪”的一声断掉了。

隈岛把两个鞋盒拽出来，放在门厅的矮阶上。打开左边的鞋盒，里面放的是一双女士登山鞋。两只鞋底并在一起，似乎已经很久没有穿过了，绒面上的绒毛是顺滑的。隈岛又打开另一个鞋盒的盖子，里面同样是一双登山鞋。尽管在设计上相似，但从尺寸上看去应该是一双男鞋。这双鞋的绒面毛毛糙糙，像是最近刚刚穿过。

——只需要考虑施害者做过些什么。

隈岛盯着鞋底，像是要趴上去一样。他看到鞋底沾着已经干掉的泥土，于是从胸前的口袋里掏出一支圆珠笔，用笔尖戳了戳。一块泥土掉了下来，露出了鞋底凹槽中的泥土。是自己多虑了吗？凹槽中的泥土似乎比掉下来的那块泥土颜色更深。

——他们嘴里的话，一句也不能当真。

隈岛将鞋子放在原地，再次走出房门。他戴上两只白手套，同时向花园里的仓库走去。仓库里放的铁锹，先前看到的时候是那样干净，仿佛从未用过一样。

打开仓库门，伸手拿起铁锹。隈岛先是抓住木柄将它倒转过来，随后用另一只手前后晃动锹头。感到锹头和锹柄之间的接合部分微微有些松动，于是隈岛更加用力地晃动，接合部分变得更松，片刻过后便从里面渗出少量清水沿木柄流下，水痕处的颜色变得更深。

毫无疑问，有人最近用水冲洗过这把铁锹。

将铁锹放回仓库，隈岛取出手机拨通了户顷的电话，没过几秒对方就接听了。

“千木当时没去御光川。”

没有任何铺垫，隈岛直接说道。

“没去御光川，那去了哪里？”

户顷的语气听上去不像在试探下属，但也不像是因突如其来的报告而感到错愕，他只是单纯想要知道答案。

“千木把带出去的遗体埋在了某个地方。”

“你有证据吗？”

“能来千木家一趟吗？”

“等我。”

挂断电话后，隈岛紧握手机注视着面前的铁锹。案发当晚，千木孝宪开车将孝史的遗体运出去后，用这柄铁锹将他埋在了某处。那么究竟埋在了什么地方？鹤丽山？夜目森林？不，也有可能是御光川的河岸上。可能埋尸的地点要多少有多少——等等。

就在这时，视野突然被另一幅画面占据，二楼四叠间里的样子赫然浮现在眼前。眼前的画面如此清晰，不禁让隈岛觉得自己此刻就在那里。散落在地板上的球形无人机、外形近似手掌的无线遥控车、脸上带着屏幕的方盒机器人，以及房间内侧的纸箱，里面装着一堆电线，还有那个网络摄像头一样的东西。

当时怎么就没注意到呢？

隈岛默默地数落着自己。那玩意儿根本就不是什么网络摄像头，而是自己更加熟悉的东西。当自己还在交通科的时候，每天都要检查录像、撰写报告。说到这个东西，自己真是再熟悉不过了。

（四）

躺在卧室里，千木盯着面前的天花板。

隈岛刑警和妻子在客厅里谈了些什么？为什么他后来上了二楼，又急匆匆地冲了出去？而现在，他为什么又会与户顷刑警一起回来？

光凭脚步声与其他响声无法判断究竟发生了什么。望着天花板，千木只能忍耐着心里如同火烧后背般的焦躁。毕竟自己犯下了不可饶恕的罪行，身体也因此而筋疲力尽、痛苦不堪，只能像现在这样躺在被褥里。

隈岛刑警与户顷刑警似乎急匆匆地上了二楼。两人没有交谈，只是发出一阵仓促的脚步声，因此搞不清他们的目的。

有人敲门，随后卧室的门开了。

“……身体，怎么样？”

智惠子拿来一杯水。床边已经有一杯先前拿来的水了，千木几乎没怎么喝，但妻子还是用新的替换了它。于是千木转过上身，喝了一口刚刚端来的水。

“感觉好些了，谢谢。”

“要不给医院打个电话吧？”

妻子将杯子紧紧捧在胸前，忧心忡忡地注视着千木的脸庞。结婚戒指在她那根瘦骨嶙峋的无名指上摇晃。

“只是有点累，没事的。”

“可是……”

“身子里边还是没什么问题的，我自己能感觉到。”

千木似乎对智惠子的到来感到欣慰，于是躺回到枕头上，自顾自地闭上了眼睛。

“那两个刑警在二楼干什么？”

回答的声音显得有气无力。

“我不知道。”

千木把一只手缩回被子里，将手掌放在胸前，隔着衬衫划着开胸手术与缝合留下的疤痕。尽管已经切开皮肤、打开胸腔，摘除了肺部坏掉的部分，但癌症最终还是扩散到了身体其他部位。肝脏、肾上腺以及全身的淋巴结都受到了波及。两年前的年初，经过长期住院治疗，淋巴结中最大的肿瘤已被切除，但这也只能稍微延长他的生命。

据医生说，他们已经无能为力了。

“这样真的行吗……”

“没关系。”

紧闭的眼中浮现出那一晚的情景。

——必须……必须报警。

智惠子一屁股坐在走廊里，至于孝史，已经在门厅处一动不动了。

——不行。

来不及思索，这句话就脱口而出。

——把他藏起来吧。

望着千木的面容，智惠子的瞳孔微微颤抖，像是在问要怎么做。千木没有回答，只是望着身边的孝史——鲜血已经染红了他侧腹部的运动衫。血迹是在不久之前扩散开来的，但如今已经不再扩散了，应该是因为孝史的心脏已经停止了跳动。

——把孩子藏起来吧。埋到一个没人能找到的地方。

回首人生，自己可以说是愚昧笨拙、一事无成。在孩提时代，自己成绩差，体育也不好，运动会上总是拖同学后腿，不管画画还是写作都没拿过奖。有次学校举行班级对抗的接力赛，自己赛前拼命练习跑步，可比赛当天还是被大家嘲笑跑步难看得像个动物一样。自己还经常因为丢东西被父母责骂。有次朋友把自己的笔盒藏起来，他回家只好告诉父母说弄丢了，迎来的果然又是一顿臭骂。

终于找了份平庸的工作，然后结婚生子。原以为只有在培养孩子这方面还算成功，然而儿子如今已经绝命于自己身边，鲜血染红了他的侧腹。

——就算把孩子藏起来……做过的事情也藏不住吧。

听了智惠子的话，千木点了点头。是的，做过的事情是藏不住的。一个人从世界上凭空消失，最终总会有人怀疑到头上的。他们会向自己和妻子问起儿子的状况，看到自己和妻子的反应又会更加怀疑，最终甚至可能会去报警。警方展开搜查后肯定会发现孝史已死，以及千木藏尸的事实，而尸体藏得越久，罪名也越严重。

——我会去报警，承认杀了孝史的事。

在一动不动的儿子身边，千木对智惠子说道。

——只不过……

两位刑警走下楼梯的脚步声传来。

有人敲门，智惠子应声后，走廊里的隈岛刑警探进头来。

“打扰两位了，这次就到这里。”

他的神色又有变化。不是昨天在审讯室里那种表层上的变化，而是更深层次上的变化。户顷刑警站在他背后，白眼仁在昏暗的走廊里闪着一丝微弱的光。

（五）

箕冰派出所的一间小会议室里，隈岛和户顷并排坐在椅子上。

桌上有一台笔记本电脑，旁边放着在千木家二楼发现的行车记录仪。鉴定工作已经完成，在机身各处都发现了千木孝宪和千木孝史的指纹。一开始发现的那个立方体形机器是前摄像头，在同一个箱子里还找到了后摄像头、两个摄像头之间的连接线，以及一根连接车用电源的电线。能找到的东西都带了回来，如今它们就摆放在二人面前。

“有前摄像头就够了。”

“其他的呢？”

“应该不需要，因为视频数据都储存在这里。”

隈岛一边解释一边拿过前摄像头。摄像头的侧面有一个SD储存卡的卡槽，摄像机记录下的所有视频数据应该都储存在这里。

当然，前提是里面还有记录。

隈岛已经搜索型号，查清了这个行车记录仪的规格，它记录的分辨率为FHD。得知这件事后隈岛喜忧参半，因为这种被称作“Full High Definition”，又或者是“Full Hi-Vision”的记录形式，能够拍下极为清晰的录像。但反过来说，由于占用内存很大，可存储的时间也会缩短。

按下卡槽旁边的弹出按钮，一张邮票大小的SD储存卡弹了出来。当看到写在卡上的“8GB”字样时，期待与不安的天平顿时大大倾斜向后者那边。因为这是行车记录仪所使用的储存卡中容量最小的一种，通常是购买时的附赠品。

“恐怕只能保存最近三十分钟左右的录像。”

在FHD的分辨率下，8GB的SD储存卡能够记录一小时左右的数据。不过前后摄像头使用的是同一张储存卡的空间，因此会导致记录时间减半。行车记录仪以循环覆盖的方式记录数据，容量不足后会从最开始的部分删起，删除过去的旧数据后再写入新数据。也就是说，能保存在储存卡内的就只有“最近三十分钟左右的录像”。

“之前的录像呢？”

“自动删掉了。”

这些录像被分为一分钟至五分钟不等的片段进行自动存储。当容量用完时，第一段数据会被删除，并由最新的数据替代。隈岛在交通科工作的时候，遇到过不少因行车记录仪这一特性所引发的麻烦。例如经常有人在遇到交通事故后（对方逃逸），向警方表示自己的行车记录仪拍下了当时的情况，可等到检查的时候却发现那段录像已经被删除了。对这种存储空间只有 8GB，录像清晰度为 FHD，还是前后双摄像头的行车记录仪而言，遇到肇事逃逸后再过三十分钟，事故发生时所拍摄的画面就会全部丢失。这也是为什么交警经常提醒司机一旦遇到事故，要先关闭行车记录仪。为了防止数据被覆盖，必须关闭设备，要是连接了车用电源，还得拔掉电线才行。最近市场上推出的新式行车记录仪能够检测事故，并对事故前后一段时间的录像进行自动保存，不过眼前的这台设备却没这么高端。根据刚刚访问的网站来看，它是在大约一年前发售的，似乎只拥有持续录像的功能。

“小熊，你觉得它是什么时候从车上拆下来的？”

“如果拆掉它的人是千木孝宪，那一定是在他弃尸之后。”

户顷没有说话，仿佛在对他进行考验，于是隈岛继续说道：

“这款行车记录仪是在大约一年前发售的，必然是在发售后安装在车上的。另外，千木孝宪说过他已经好多年没有开过那辆车了。也就是说，安装行车记录仪的是孝史，而千木孝宪一开始甚至可能不知道汽车上装有行车记录仪。”

“那么他又是什么时候发现行车记录仪的呢？”

“在案发当晚，他丢弃孝史的遗体回到家后。”

“为什么这么说？”

“如果是在出发时或是弃尸的过程中发现，他可以把行车记录仪与孝史的遗体一起埋掉。即使是在回家路上发现，可以丢掉它的地方也是要多少有多少。”

或许是因为隈岛的回答符合自己的期待，户顷那张被晒得黝黑的面孔笑得起了皱纹。

“也就是说将记录时间作为前提考虑在内，如果弃尸的地点是在三十分钟车程以内，那么行车记录仪里面就会保存着从那个地方到千木家的录像。当然，前提是他没有绕路。”

在距离千木家三十分钟车程以内的范围里，可以埋尸的地方寥寥无几。虽然各处也有小树林和空地，但都十分狭小，如果能确定位置，想要找到尸体并不困难。然而如果千木去了离家三十分钟车程以外的地方，那么包括鹤丽山与夜目森林在内，可以埋尸的地方简直数不胜数，而且行车记录仪里也只会留下最后三十分钟的录像。这三十分钟的视频会包含千木在自家停车位上给车熄火之前的一段路上的情景，或许警方仅能以此作为参考，判断他大致是从哪片区域回来的。

“也就是说，这个行车记录仪里的录像可能起到关键作用，但也可能屁用没有，对吗？”

“检查一下就知道了。”

隈岛将SD储存卡插进笔记本电脑的卡槽里。在屏幕上点开后发现里面有两个文件夹，一个是前摄像头、一个是后摄像头的录像。打开第一个文件夹，发现里面有六段视频，图标下面的文件名表明了录像的日期和时间。隈岛把脑袋凑到屏幕前，户顷则从衬衫口袋里掏出了老花镜。

“和供述说的一样吗？”

“时间方面似乎是这样的。”

视频记录的时间是在十月二十日凌晨，正是千木孝宪供述自己抛弃孝史遗体的那段时间。千木表示，当晚自己凌晨一点左右离开家门前往六黑桥，把遗体扔进河里，然后在凌晨两点多回到家中。视频文件名所显示的记录时间，第一个是一点三十九分，下一个是一点四十四分——每五分钟一个，以此类推，最后一个是两点零四分。

“这些该不会真的是从六黑桥到千木家的录像吧？要是这样的话，就印证了他在六黑桥上弃尸的说法了。”

“看过就知道了。”

屏住激烈的呼吸，隈岛点开第一个文件。屏幕上出现一幅横屏的视频画面。右下角显示的时间是“2021/10/20 01:39:20”，与文件名上显示的时间一致。

汽车在一片漆黑中行驶，附近没有建筑物，即使有，也因为没有灯光而看不清楚。唯一能看到的就是正面被车灯照亮的地方。道路两旁没有护栏，地面看上去不是柏油路。

“这是哪儿？”

“不对，从六黑桥到千木家，应该不是这种乡道……”

隈岛与户顷紧紧盯着屏幕，两张脸仿佛快要贴到一起，但屏幕里没有任何能提供线索的要素。车速不快，偶尔会有路上的小石子在屏幕中拖出针一般的细线，继而变短并消失在屏幕下方。一开始能够听到的只有单调的发动机声，但调高音量后，两人还听到连续不断的微弱而颤抖的呼吸声。当隈岛把手伸向电脑，想再调高些音量时，突然注意到某样事物，于是按下了暂停键。

“那是什么？”

“是月亮。”

画面左上方，是一轮小小的圆月。

它先前就在那里吗？若是不在的话，一定是被什么东西遮住了。想到这里，隈岛突然意识到了这辆车的去向。

户顷似乎也意识到了，他低声说道：

“说不定是要去夜目森林……”

方才遮住月亮的恐怕正是鹤丽山。隈岛将视频倒退几秒钟，随后盯紧画面左上方。月亮很快从一团黑暗中出现，整个过程只用了大约一秒钟。从两人的视角看，月亮先是露出右侧，随后露出左侧，也就是说鹤丽山在汽车的左手边。此时车子正沿着鹤丽山脚下的公路驶向山北。也就是说在地图上，汽车是从右往左行驶。只要继续沿着山脚行驶，就会到达夜目森林。那里地域广阔，为了管理树木而开辟的羊肠小道杂乱交错。最巧的是，那里正是隈岛先前认定的最佳埋尸地点。

“可是小熊，要是他真的去了夜目森林，为什么会留下这时候的视频记录？从那里到千木家，开车单程就要四五十分钟的。”

“我们先看下去吧。”

随后，他们连续播放了剩下几个长度同样是五分钟的视频。视频里，汽车依然在向夜目森林驶去，第二个视频里出现了汽车进入林道入口的镜头。

但紧接着，画面中出现了最糟糕的一幕。

“该死，他把车灯关了。”

画面顿时一片漆黑。

“或许是担心被人看到吧。”

就算关掉车灯，只要开得慢些，还是可以在林间小路上行驶。轮胎碾压地面的声音不断从扬声器里传出。在转弯的时候，刹车灯偶尔会亮一下，将周围照得通红，但紧接着又会变成一片漆黑。过了一会儿，等到司机的眼睛渐渐适应黑暗后，连刹车灯也不亮了。隈岛和户顷甚至分辨不出汽车行驶的方向。

“停下来了。”

当最后一个视频播放到一半的时候，他们终于听到拉起手刹的声音，紧接着行驶声停了下来。画面上依旧漆黑一片，只有微弱的月光隐隐照出树干一样的东西。

车门打开的声音、下车的声音、咳嗽的声音。那阵无比痛苦，想忍却忍不住的剧烈咳嗽声，与他们在审讯室里听过的千木孝宪的咳嗽声一模一样。

不一会儿，传来另一扇车门打开的声音。隈岛将耳朵贴近扬声器仔细倾听，能够听见远近处蟋蟀的叫声混杂着千木颤抖的呼吸声。他的每一次呼气都夹杂着微弱的，仿佛在畏惧或啜泣的声音。就在隈岛专心倾听着呼吸声的时候，户顷按下了暂停键。

“刚刚那是什么？”

“你是指？”

“退回去些。”

隈岛将视频倒退了大约十秒钟。漆黑的画面伴随着蟋蟀的叫声与千木的呼吸声再次出现。屏幕上突然短暂地闪了一下。那道微弱的闪光不足以照亮四周，看上去只是某处突然冒出一星半点光芒。尽管看不出具体是什么光，但给人的感觉好似远方划过一道闪电。片刻过后又是一闪，差不多一秒过后，又是一闪。隈岛与户顷紧紧盯着屏幕，没过多久，他们听到有脚步声贴着汽车绕过来，紧接着视频突然中断了。

除此之外，就没有其他视频了。

“喂，怎么回事，视频在森林里就断掉了。”

“只能是因为行车记录仪的电源断开……”

就在这时，隈岛意识到刚才看到的闪光是什么了。

“是打火机！”

户顷满脸兴奋地望过来。

“当时千木是想给香烟点火，但因为自己的打火机没气或是没油，一直没能打着。于是他就绕到驾驶席，把这个拔了出来。”

隈岛举起放在桌上的车载电源线。

购买行车记录仪的时候，如果要求店里帮忙安装，他们就会把电线接到汽车内部的电源上，从那里获得供电，但如果是外行人单独购买，通常就会像这样，将行车记录仪连在车载电源上。

“之所以会留下这段录像，也正是因为这个。千木为了给香烟点火，就想使用车载电源上的点烟器。但这个时候他发现，除了点烟器以外还有其他电线插在上面。”

说到这里，隈岛意识到自己先前的推理是错误的。千木不是在自家的停车位上，而是在夜目森林里给香烟点火时发现行车记录仪的。既然这样，他为什么不当场拆除行车记录仪呢？现在来看答案非常简单：四周实在是太暗了。打火机或香烟那点微弱的火光还好，若是打开车内的灯光进行拆除，那么之前为了避人耳目而关闭车灯的行为就失去意义了。

“对不起，我撤回刚才的说法。”

“那好吧。”户顷再次望向电脑屏幕。他的语气有些尴尬，或许是还记得隈岛提出刚才的推理时，自己脸上那副满意的笑容吧。

“总而言之，尽管有了大致位置，可具体地点依然不够清楚。千木究竟把他儿子的尸体运到了夜目森林的什么位置？又具体埋在了哪个地方？光靠这种黑漆漆的镜头，就算找专家帮忙分析也没有什么希望吧。”

要不然去问问千木本人——刚要出口，隈岛就把这句话咽了回去。户顷说得没错，不能相信嫌疑人所说的话。事实上，他们也刚刚才识破千木孝宪先前所撒的弥天大谎。

“要不看看后摄像头的录像吧。”

“会比刚才看到的更有参考价值吗？”

“刹车灯在森林里亮起的时候，附近的环境或许能比前摄像头拍到的更清楚一些？说不定能辨认出他走过的路线。”

然而事情没能如愿。隈岛与户顷仔细检查了后摄像头拍到的录像，但与前摄像头一样，并没有对确定位置起到什么作用。刹车灯的红光确实照亮了四周，比前摄像头拍到的要清楚一些，可在后半段的录像里就完全不亮了，这样依然辨认不出千木究竟去了哪里。唯一的新线索就是他们得知停车后离开驾驶席的千木，打开的是车后仓的仓门。在查看前摄像头录像时听到的第二声车门响，似乎是打开车后仓仓门的声音。之所以这样说，是因为伴随着车门声，后摄像头镜头的角度开始转向斜上方，最后拍到了夜空。不过夜空同样一片漆黑，没有能够提示出地点的线索。

视频播放完毕，隈岛与户顷在电脑前陷入了沉默。

有关弃尸案的一个常识——隈岛对此也相当了解，那就是被埋在山里或森林里的尸体，如果没有弃尸者的准确供词，几乎永远无法找到。一旦尸体被埋在超过三十厘米深的地下，就连猎犬也闻不出味道。这就是为什么杀人犯总是喜欢在山里或树林里弃尸。只要找不出尸体，不管杀人罪还是弃尸罪都判不了。有个常见的说法——一个混黑社会的捅死了人，就算有目击者，但事后如果找不到尸体，警察就没法正式批捕。即使搜集其他证据批捕，也几乎不可能起诉。

“这下麻烦了……”

望着会议室的窗户，户顷用手掌根把额头敲得“嗵嗵”直响。什么麻烦了？隈岛立刻就明白了——天上的云层越发浓厚。他赶忙掏出手机看了看天气，发现下午的降水概率有百分之八十。即使千木在夜目森林中的某处留下了埋尸的证据，一场雨过后也很可能什么都不剩了。

“没办法了。”

望着阴云密布的天空，户顷最终深深叹了口气。

“去问问他本人吧。”

（六）

坐在力狮 B4 的后座上，千木孝宪望着车窗外远远的景色。灰暗的阴云低得仿佛要蹭到鹤丽山的山腰。汽车沿着山脚向北绕了一会儿，夜目森林的林道入口没过多久便出现在眼前。

“森林里的红叶真漂亮啊。”

户顷坐在千木旁边，声音显得格外沙哑。自从千木打来电话自首后，户顷似乎一直都没睡过。手握方向盘始终沉默不语的隈岛刑警想必也是如此。

“你带着遗体来到这里时，红叶也是这么漂亮吗？”

“大晚上的，根本看不清。”

如实回答的同时，千木透过挡风玻璃将视线投向树木。夜目森林如今确实染上了一层美丽的颜色。山毛榉、水楢、榉树、橡树、帝王桦——孝史还没上初中那阵，他们一家三口经常来这儿郊游。儿子喜欢植物，很快就记住了自己教给他的各种树木的名字。有一年差不多就是这个季节，三人悠然地在林间小道上闲逛。道路尽头有棵孝史当时还不认识的树，散布在树梢的白色花朵宛如黑暗中闪烁的星辰，看上去是那样美丽。

——那是什么花？

——是山茶花噢。

——山茶花是这样的吗？

千木告诉孝史，那是野生的山茶花。

那是它被培育成园艺品种之前的原始形态。

——山茶花还是这样更好看啊！

抬头望着树梢说出这句话时，儿子的眼里闪着迷人的光辉，比所有花瓣加在一起还要美丽。

“你该戒烟了。”

盯着逐渐接近的林道入口，户顷刑警低声说道。他已经讲述了警方发现千木在案发当晚前往的是夜目森林而不是六黑桥的经过。行车记录仪的录像时间、车载电源上的点烟器、留在储存卡里的视频——先前户顷与隈岛一起来到家里，先是让智惠子去了其他房间，随后将这些明显是提前准备好的话一股脑儿地说给他听。千木没有回话，只是点了点头，答应与他们一同前往夜目森林。

“我是认真的。”

为什么就是戒不掉呢？千木也为此衷心感到后悔。五十多岁那会儿，社会上开始提倡禁烟，智惠子也总是关心他的健康问题。可是每当这时，他总会以想用智惠子送他的打火机为借口继续吸烟，把责任推到四十岁生日时妻子送他的礼物上去。尽管并非完全是一句虚言，但绝大多数时候它依然只是个借口。智惠子把打火机藏起过很多次，但每次千木都能找到，随后继续购买香烟。

“行车记录仪是令郎安装的吗？”

“是我儿子装的。”

“而你不知道这件事？”

“完全不知道。我儿子在想开车的时候如果找不到车，事后就会对我拳脚相加，所以到后来我就彻底不开了。那天我把儿子的遗体运到这儿的时候突然犯了烟瘾，说什么也想吸上一根……”

在漆黑的森林里，千木用妻子送他的打火机打了三次火，但始终没能打着。他回到驾驶席上想使用车上的点烟器，为此拔掉了行车记录仪的电源。

“那个时候你第一次发现车上有行车记录仪？”

“是的。”

“我们在烟灰缸里发现了烟头，是你那时吸的吗？”

千木点了点头。当时他看到仪表板旁边的储物盒里放着孝史从插座上拔出来的点烟器，于是将它插回插座，点燃了香烟。

“我再唠叨一句……烟这个玩意儿还是戒了吧。绝不是讽刺您，而是说真心话。不过过去我也吸，没资格讲大道理就是了。”

户顷轻轻笑了笑。坐在驾驶席上，先前一直没说话的隈岛刑警开口了：

“林间路的入口到了，请你指明当时的行驶路线。从行车记录仪的录像里，我们已经找到了埋尸的地点，不过作为流程，还是要你亲口描述一遍。”

“我记不太清了。”

这句话倒是不假。连千木自己都不清楚，为什么想要回忆起在这条林间小路上行驶时的情形竟是如此困难。自己在哪条岔道上转了弯？怎么转的？最后又把车停在了哪里？还能记起的，就只有自己在黑暗深处仿佛爬行般前进，两侧模糊的树影不断后退，自己在树木的间隙转了一次又一次弯……每当踩下刹车的时候，四周的环境都会仿佛着火般染上一片鲜红。因为恐惧，连呼吸都在不断颤抖。

“唬谁呢你！”

隈岛粗暴地踩下刹车。他把车停在原地，扭过上身对千木吼道：

“当时不是你自己开的车吗？而且也不是什么几年前一周前，就是前天晚上的事你也能忘？”

“小熊。”户顷冷静地开口制止。隈岛依旧死死地盯着千木，嘴巴抿得紧紧的，但能看出他有千言万语要讲。

“真的很抱歉……但是记忆有些模糊。”

当晚发生的其他所有事情，包括铁锹反复插进地面时胳膊上传来的感觉，尸体上的每一处细节，以及挖好坑后，自己亲手将孝史扔进去时心里的悲痛，响彻耳边的自己的呼吸声，伴随着呼吸在体内嗵嗵作响的血管声；还有后来自己在花园里用水龙头清洗铁锹，把沾了泥土的衣服扔进洗烘一体机里，在报警之前又把它们拿出来装进衣柜——这些明明全部记得无比清晰。

“之前做完手术后也有过这种情况……”

仔细想想，这种记忆模糊的状况与过去的一段经历非常相似。不是第一次做开胸手术那时，而是两年前的年初，自己长期住院，切除淋巴结上那颗大号肿瘤的时候。千木担心智惠子独自与孝史在家会有危险，就借口要人照看，让她住在了医院。可等到做完手术后，他已经完全不记得妻子为什么会在医院了。等到术后康复回家，下了公交车后甚至不记得自家房子的方向。医生表示这是全身过于虚弱导致的，这种情况在老年患者中极为常见。千木服用了医生开的镇静剂助眠，每次睡醒后记忆都会清晰一些，但后来智惠子告诉他，有几个星期，他说话还是偶尔会前言不搭后语。

“这是杀人，不是手术！”

隈岛瞪大满是红血丝的双眼，死死地盯着千木的面孔。

“你自己也说过那么多遍。你杀了人！还是你的亲儿子！他是对你动手，但你已经把他杀了！还扯什么手术，到了这种时候还有闲情吸烟，你也好意思提手术？”

“小熊。”

户顷制止的语气比刚刚更加强烈。

隈岛转过满是怒色的面孔，双手狠狠地拍在方向盘上。

“……我一定会找到尸体。”

当隈岛再次踩下油门时，第一滴雨落在了挡风玻璃上。

（七）

从昨天下午开始下起的雨，如今依然在敲打着窗户。

刑警办公室里，其他同事都已经离开了，只有隈岛依然戴着耳机，盯着笔记本电脑的画面。正在播放的是从行车记录仪的 SD 储存卡中复制出来的录像。原本被分割为每段五分钟的录像如今被拼接在一起，前后摄像头拍摄的文件分别被处理成三十分钟长的视频。车头车尾的录像已经看过不知多少遍了——隈岛盯着屏幕，仔细听着声音，以致不经意间忘记了呼吸。

然而隈岛依旧没能发现任何线索。尽管他也复制了一份视频发给录像分析的专家，但对方表示视频光线太差，用尽各种办法也没能有新的发现。前摄像头的录像播放完毕后，隈岛再一次打开后摄像头的录像。这个动作已经重复了无数次，不过他还是刻意保持专注，尽量让自己每次关注的重点都有所不同。

昨天与千木孝宪一同进行的现场勘察最终惨淡收场。案发当晚汽车究竟开到了夜目森林的何处？孝史的尸体最终又被埋在了哪里？直到最后千木也没能想起这些问题的答案。

至于他是否真的不记得，警方自然无从得知。昨天隈岛虚张声势，表示警方已经通过行车记录仪的录像发现了抛尸地点。自从当上刑警后，自己还是第一次给人设套，可似乎还是被千木识破了。有可能是他觉得隈岛并没有找到真正的位置，所以装作记不得了。自己撒的谎是知道的，对方撒的谎是不知道的，然而在这场尔虞我诈的游戏中，隈岛他们没有任何胜算。

今天警方同样竭尽全力调动探员继续搜寻夜目森林。户顷在现场负责指挥，同时安排曾在交通科工作过的隈岛留在派出所里继续检查录像。这一定是基于对隈岛的信任——昨天在两人检查行车记录仪的时候，隈岛的见识起了些作用，户顷一定是觉得隈岛还会找到更多新的线索。

不能辜负户顷的期待——隈岛目不转睛地盯着笔记本电脑的屏幕。一定还有其他线索，一定会有。后摄像头视频的画面里漆黑一片。手刹被拉起，汽车行驶声停下。千木下车的声音，以及一阵痛苦的咳嗽声传来。汽车后仓门被打开，后摄像头的视角倾斜上去，直至拍到夜空。镜头外，千木的打火机闪了三次——录像马上就要结束了，一定会有线索，一定会有线索——

就在这时，隈岛的右手如同迅兽般抓住了鼠标。

不知不觉中，隈岛发现自己按下了暂停键。他凑近屏幕，近得鼻子都快贴上去了。

镜头拍到了头顶的夜空。在无尽的黑暗里，一丝微弱的月光隐隐映照出几根树枝相互交错的轮廓。

那些树枝的梢头似乎有什么物体。

轮廓极其模糊，但整体看上去呈圆形。

在屏幕左下角，还有另一个相似的物体。

将视频倒退一分钟左右——一片漆黑之中再次传来痛苦的咳嗽声。后仓门被打开，后摄像头的镜头向斜上方转去。紧接着隈岛用食指敲击鼠标，再次暂停了视频，然而定格的画面并不是他想要的，画面里漆黑一片。他又试了一次，倒退，播放，后仓门打开后等待时机——就是这里。

再次按下暂停，画面与先前不一样了。

千木在车尾使用打火机的那一瞬间，一道光线迸出，令先前看到的物体从黑暗中显现出来。

“……是花。”

定格在屏幕中的，是枝头上的一朵白花。

好像在哪里见过这样的花。

记得昨天去夜目森林的时候……

（八）

傍晚时分的客厅里，千木与智惠子相对而坐。

“他们……会把我们怎么样？”

矮桌另一侧，妻子的声音小到几近呢喃。

“要是警察找到孝史的话……”

雨声笼罩着整栋房屋。恐怕警方如今依然在夜目森林里顶着雨继续搜索，而这场搜索一定会持续下去，直到他们发现孝史的遗体为止。

“不用担心，就算他们找到孝史，要抓的人也是我。”

智惠子依旧低着头一言不发，只是喉咙处绷得紧紧的，似乎在努力抑制着情绪。千木瞥开视线，望着右手边的厨房。前几天夜里，自己就是在那里被还未丧命的孝史掐住了脖子。当时自己被按在水槽上，身体后仰，脖子被孝史的双手死死掐着，喉咙里像是堵着泥浆一样难以呼吸。孝史掐住后始终不肯撒手，想必几秒之后自己就会失去意识，再过几秒一定就会没命。然而就在这时，掐住脖子的双手突然失去了力气，与此同时，孝史将一口热气重重地喷在了他的脸上。

视线恢复清晰后，千木看到妻子正用双手握着一把菜刀。刚刚还在沥水架里的菜刀，如今已经重重地刺进了孝史的侧腹，而自己只能愕然地望着孝史的血迹以被刺中的部位为中心像地图一样扩散开来。片刻过后，孝史大叫一声转过身去，随即惨哼着，跌跌撞撞地奔到走廊上，而自己则在不知不觉间追了上去。必须隐瞒住，不能让别人知道妻子做过的事——这是他当时心里唯一在想的事。

——我会去报警，承认杀了孝史的事。

在一动不动的儿子身边，千木对智惠子说道。

——只不过……

刚刚妻子拼上性命保护自己，可自己如今能为她做的，也就只有这件事了。

——我会说人是我杀的。

智惠子脸上依然是一副惊惧的表情，一开始她只是回望着千木，像是没听懂他的话。然而很快，她呼出的气息开始变得细碎而颤抖。随着颤抖加剧，她的眼皮也在跟着抽搐，像是要将整只眼球都暴露出来。

——我相信，你的人生还长。

——可要是这样做，警察会把你……

——只要找不到尸体就行了。

所以自己把孝史埋掉了。

所以自己谎称将孝史的尸体抛进了御光川。

至于儿子，如今正在他最喜欢的花朵下面沉睡。

然而自己并不打算把花的名字告诉警察。

万一警察挖出了孝史的尸体，要抓的也只是自己而不是智惠子。不管谁来审讯，法庭上问什么问题，自己都只会坚持同一套说辞，那就是——杀人与弃尸都是他一人所为。

“要是你被抓……”

说到一半，智惠子的声音戛然而止，千木的视线也回到了矮桌对面。窗外的雨声宛如指尖在白纸上轻轻摩挲，坐在对面的妻子直勾勾地望着千木的双眼。片刻过后，她再次开了口。尽管声音不大，语气也无比平静，仿佛只是在谈一件日常小事而已，但千木知道她是认真的。

“我就不活了。”

（九）

“真是帮大忙了。”

由衷表示感谢过后，隈岛挂断了电话。

兴奋与紧张的感觉从后背一直爬到脖颈。背后汗毛倒竖，握着手机的手心也在不知不觉间被汗水濡湿。

打来电话的，是外县一名在大学工作的植物生态学女教授。隈岛先前在派出所里打听是否有人认识熟悉森林植物的人，随后鉴定科的一名同事向他推荐了这位教授。隈岛立刻要来她的联系方式，并在几分钟前与她取得了联络。隈岛将行车记录仪录像中出现的花朵的照片发送给她，并表示这是几天前在箕冰市的夜目森林里拍摄的。尽管隈岛没有透露与照片相关的案情，但对方似乎早已习惯与鉴定科打交道，因此没有询问任何细节。就在刚刚，对方拨回电话，将照片中植物的名称告诉了隈岛。

她说，这种植物原产于温暖地区，但同样可以在寒冷地区的树林中生长。从树枝与花朵的形状，以及花期等信息来看，她的判断应该不会有错。

“就快结束了。”

隈岛在不知不觉中咬紧牙关喃喃自语。搜查即将迎来重大突破，警方也很快就能逮捕嫌疑人了——他在手机上点开通话记录，给正在夜目森林的户顷拨打电话。电话打到第三次才接通。

埋尸地点找到了！——电话刚刚接通，隈岛就故意这样说道。

“啊？”

户顷大吃一惊，隈岛接连不断地向他汇报着自己的发现。后摄像头拍到的树枝、树梢上微小的物体、千木孝宪打火时照出的白色花朵，以及自己联系过的那名植物生态学教授。

“后来教授把那棵树的名字告诉我了。”

“是什么？”

“是野生的山茶。”

“据教授表示，山茶树的花期在十月到十二月，花朵是单瓣花[1]，用作园林植物的园艺品种就是由它培育而来的。”

“我这就把照片发送过去，请您派人寻找这种花，我马上就到。”

没等户顷回话，隈岛便迅速挂断电话，把照片发送到对方的手机上。紧接着他抓起外套，把胳膊往袖筒里随手一伸。正打算冲出刑警办公室的时候，隈岛心念一动，想着为防万一最好把行车记录仪里的录像也带上。于是他跑回办公

1　仅有一层花瓣的花。

桌前，把笔记本电脑塞进包里。当他再次准备冲出房间时，手机突然响了起来。看了眼屏幕，是户顷打来的，隈岛立刻接起，以近乎猛拍的动作把手机放到耳边。兴奋感顿时充斥着全身，肌肉的内侧仿佛在被人抓挠。难道说户顷这么快就找到了那棵野生的山茶树？难道说他们已经来到了掩埋受害者尸体的地方？

然而对面的话语却彻底出乎他的意料。

“小熊，还是不行。”

怎么回事？

“是照片没发过去吗？我马上再发一遍！”

“不不，照片我看了，花本身拍得很清楚，只不过……”

户顷的声音原本有些嘶哑，如今却突然柔和下来，变成了体谅的语气。

“这片森林里，到处都是这种花啊。”

血液哗哗作响，仿佛被人从体内抽走一般。

在这之后，隈岛离开派出所前往夜目森林，在连绵不断的雨中与户顷驾车沿着林间小路行驶。正如户顷在电话中所说的那样，一旦有意查看，就会发现夜目森林里到处盛开着野生的白色山茶花。

傍晚时分，雨越下越大。又过了一会儿，夜幕降临，当日的搜索工作不得不就此中止。

（十）

俯视着儿子长眠的地方，千木孝宪静静地双手合十。

“究竟是从什么时候开始出的错呢？”

已经是午夜时分，雨势却丝毫没有减弱的迹象。

“究竟是从什么地方开始出的错呢？”

在千木面前，是同样双手合十的智惠子。尽管身子微微颤抖，她却没有任何回话。

“后来我想了想。要是我没生病……要是身体能再健壮一些，或许就能阻止咱孩子了。”

从五十多岁起，智惠子就反复劝自己戒烟，可自己无论如何都没能戒掉。五年前发现患上肺癌后，自己终于不得不戒掉烟瘾，但却为时已晚。

埋葬孝史的那个夜晚，千木时隔五年再次拿起了香烟和打火机。那是儿子最爱吸的七星牌香烟，以及智惠子过去送给自己的打火机。不过带它们出门当然不是为了吸烟——毕竟打火机里的燃油早就蒸发得一滴不剩了。

想要诱导警方查看行车记录仪的录像，这是他唯一能想到的办法。夜目森林那么远，想要将驱车前往那里以及自己在一片漆黑中停车的录像保存下来，唯一的办法就是在森林里关掉行车记录仪的电源。为了吸烟给点烟器插电，因此拔掉了占着车用电源的电线，就在这时发现车上安装有行车记录仪，于是回家后把它从车上取下并藏了起来——这似乎是最能博取对方信任的理由了。为了避免怀疑，自己真的在一片黑暗中点了几次打火机，那时发出的光线一定能够被行车记录仪的后摄像头捕捉到。

点燃香烟后，千木仅仅是望着它渐渐燃烧殆尽。心里想的则是被自己埋葬的尸体——想着曾经活着的孝史，以及现在活着的智惠子。

“想再多……也没有用了。”

智惠子终于回了话。

是啊，想再多也没用。

今后要做的事，就只有在所剩无几的人生里与智惠子一同生活下去。悔恨着自己失败的人生，忏悔着对儿子的所作所为，与妻子如同两株枯萎的野草那样生活下去。毕竟人生无法重来，过去也不能再挽回。

“这个地方……会不会被他们发现？”

问出这句话的时候，一道断续的光线打在智惠子的侧脸，令她的面孔显得一片苍白。

“没关系。”

万一被找到，警方会立刻挖开这里，届时他们会发现千木做过的一切。然而他们只会在错误的位置、在那片广袤的夜目森林里永远搜寻下去。

至于自己和妻子，只能永远祈祷下去。

　　快看快看，要埋下去了！

孝史兴奋的声音响起。

——它可真漂亮啊！

那是自己再也无法听到的声音。

——我最喜欢这个了！

雨声依旧，仿佛要彻底笼罩这个如今已经成为孝史坟墓的地方。

“永远沉睡吧。”

既没有祈祷，也没有愿望，只有自己的儿子长眠于此。

在他最爱的花朵之下长眠。

在那唯一的一朵花下长眠。

益子町
コスモス祭り
1997-10-10
3:24:06PM

终章　不可关联——祈祷之声

（一）

寂静的周围只有自己的脚步声。听着踩在泥土上的声音，耳朵深处像是有什么东西在轻轻摩挲。

不知为何，周围连一声鸟鸣也没有。已经是五月的第一天了，整座鹤丽山都笼罩在初夏柔和的空气中。

智惠子停下脚步，望着山路旁侧。灌木丛的枝头绽放着淡黄色的花朵——那是什么植物？如果是丈夫或孝史，一定能立刻叫出它的名字。

过去，一家三口经常去野外散步，比如这座鹤丽山，或者夜目森林，都是经常散步的好去处。丈夫总是把各种植物的名称教给孝史，儿子也总是反复念着它们。随着认识的植物越来越多，孝史甚至可以抢在父亲前面指着植物叫出它们的名字。其实智惠子也想记住那些名字，可或许是不够擅长，就算一开始记住也会很快忘记。父子俩边走边念的那些花草树木的名字，简直就像他们两个人的专属暗号一样，这让智惠子多少有些怅然若失。

可是与此同时，她也为此感到自豪。从小到大，孝史从没有过叛逆行为，始终与父母相处得其乐融融。高中、大学毕业后，即使是在东京找了工作，每逢盂兰盆节和新年，他也总是回到家中，与家人围坐在桌前吃团圆饭。儿子总是寡言少语，基本上只有自己和丈夫在说话。当儿子说要结婚的时候，其实自己是有一丝醋意的。所以当他离婚回到家后，尽管从未说过什么，也没有表现出态度，但她心里其实是有点高兴的，感到仿佛找回了过去的人生。但她做梦也没想到，没过多久他就把自己和丈夫搞得遍体鳞伤。她从未想过有一天，儿子会在自己面前掐住他亲生父亲的脖子，而自己则在恍惚间握住了菜刀。

孝史被埋葬的那个秋天过去以后，冬天再次降临到箕冰市，冰雪覆盖了鹤丽山，也覆盖了整座城镇。

就在这个冬天里，丈夫被癌症侵蚀的身体到达了极限。一月底，他在医院的病房中离开了人世，此时正是各家各户的冬牡丹开始凋谢的时节。

他是在睡梦中离开的，直到最后都是那样安静。

之后智惠子一直独自住在孤寂无声的家里，但直到现在，当她离开家门时，都会从孝史高中时买的益子烧里拿起钥匙，再低声念上一句“我出去了”。这句话既是说给被病魔缠身而离开人世的丈夫，同时也是说给长眠在客厅地板下的儿子听的。

抬起头来，智惠子继续沿着山路前行。

在岔路口向右走去，便能感受到空气在瀑布的轰鸣声中微微震颤。继续向前，震颤感越来越强烈，明神瀑布也很快出现在眼前。观瀑台四周开着一些白色的小花，丈夫曾经提到过这些花的名字，但如今已经想不起来了。或许自己从一开始就没记住，或许是因为年纪太大而忘记了，又或许是因为失眠，大脑已经变迟钝了。

智惠子已经很久没有好好睡上一觉了。医生开的安眠药完全不起作用，自己的意识始终像覆盖着一层薄膜。可一到晚上躺进被褥里，闭上眼睛却总能看到一幅幅比现实更加鲜明的画面。望着那些画面，智惠子听到了早已逝去的家人们的声音。他们的声音是那样清晰，可她却听不清具体在说什么。不知不觉中天色微亮，窗帘也跟着亮了。于是她在朦胧的房间里爬起身来，来到客厅，静静地坐在佛龛前，点燃两根蜡烛，再用蜡烛点燃线香。为什么只有在望着那一剪烛火、一缕轻烟的时候，自己的内心才会感到一丝丝平静呢？

金属台阶有些湿滑，登山鞋踏在上面发出沉闷的声音。

站在空无一人的观瀑台上，智惠子听着低沉的水声，同时望着右边的小路。沿着那条狭窄的小路步行两公里，就能到达鹤丽盘山公路。那条柏油路是孝史上初三时修好的，在那之前，想要出入鹤丽山只能借助山路，登山者只能花费时间沿着智惠子刚刚走过的那条路步行上下山。但自从盘山公路修好后，汽车可以直接开到半山腰，为人们提供了不少便利。如果没有那条路，许多事情都会变得不一样吧。

朦胧一片的道路尽头，似乎有什么在动。

原来是一个男孩走了过来。他盯着地面，始终没有抬头。

直到走上观瀑台，男孩才终于注意到智惠子。他吓了一跳，停下脚步怯生生地望着她。

“你好啊。”

这声问候略微有些嘶哑。除了在门口低声嘀咕“我出去了”以外，智惠子已经好久没像这样说过话了。

“你也是来看瀑布的？”

男孩没有回答，只是将目光投向瀑布，继而点了点头。

据说明神瀑布能够实现人们的愿望，因此智惠子曾经无数次与丈夫、孝史一起，或是与丈夫两人站在观瀑台上，双手合十向着神明许愿。她已经不记得自己当时许过什么愿望，但她从未祈求过让家人健康幸福。因为智惠子相信它们会永远存在，不需要通过许愿来获得。

“是有什么想许的愿望吗？”

男孩转过头来，指着自己的嘴，双唇无声地微微开合。

直到这时智惠子才意识到，这个男孩说不出话。

“真是不好意思……”

智惠子来到男孩身边，跪在潮湿的观瀑台上，从背包里掏出一本笔记打开。洁白的纸张上孤零零地记着上个月丈夫百天时写的字。智惠子将笔记连同书脊处固定着的铅笔一同递给男孩。他大大方方地接了过去，略微犹豫过后，用工整的横排字在上面写道：

“希望可以再次说话。”

莫非他得了什么病？

智惠子点了点头，犹豫着要不要询问。

她站起身，在男孩身边双手合十。要是真有能实现愿望的神明，那他也会实现自己的愿望吗？

在轰鸣的水声中，智惠子闭上双眼低下头去。

希望一切都能结束。

无论是以什么形式都好。

儿子和丈夫都已经不在世上了，只剩下她孤身一人。这种不得不隐瞒一切的生活，已经没法再坚持下去了——隐瞒自己不可饶恕的罪行、隐瞒丈夫的牺牲、隐瞒孝史被埋在地板下的尸体、隐瞒那桩只有自己和丈夫知晓的罪行……

（二）

隔着厨房餐台，隈岛与小泽姐妹的父母相对而坐。

餐台上放着三杯小泽母亲端来的大麦茶。

“后天绯里花就二十岁了。”

小泽父亲回头看了看挂在墙上的日历。今天是五月一日星期日，不过黄金周假期从上周就开始了。过完明天的工作日后，又是宪法纪念日、绿之日和儿童节[1]这三个休息日。每逢这个三连休，箕冰市都会举办春季牡丹节。届时牡丹花农的帐篷会在市内的体育公园内纷纷支起，县内县外的游客都会来这儿购买五颜六色的牡丹。而公园中央的大喇叭也会应景地反复播放起那首《今年的牡丹真漂亮》。

“她的生日正好在牡丹节的第一天，每到那时我们俩总是忙得不可开交，从没给她好好庆祝过生日。”

还没等隈岛回话，小泽母亲就“扑哧”一声笑了出来。

1　均为日本法定节假日。分别为纪念日本现行宪法开始实施，鼓励国民亲近自然、亲近绿色生活以及庆祝孩子成长而设立，时间分别为5月3日、5月4日和5月5日。

“等孩子回来了，咱们每年都给她隆重地过上一次生日不就好了？”

“可是她都二十岁了，应该会想和朋友或男朋友一起过吧？”

“那就另找个日子庆祝嘛，具体哪天不重要啦！”

“也对……我都没往这方面想。要是她还在的时候能这样做就好了，哪怕是牡丹节过后给她买个蛋糕也成啊。”

隈岛向窗外望去。紧邻住宅的牡丹花棚里摆着盛开的盆栽牡丹，白色的、桃红色的、绯红色的，然而在数量上却远远少于别的花农家。

“今年两位会去参加牡丹节吗？”

隈岛问完，小泽父亲摇了摇头。

“要是参加的话，我和我爱人都得过去，那样的话家里就没人了，绯里花回来的时候没人迎她可怎么办啊？”

小泽绯里花从家里失踪，是在三年前的一月八日。那一天恰好是高中举行第三学期开学典礼的日子。而一年后，她的妹妹桃花也突然失踪了。隈岛被调到刑事科后负责调查的第一起案子，就是她的失踪事件。此后警方迅速成立专案组，调查这起姐妹连续失踪案，然而两起案件都未能获得有力线索，只有时间在徒然流逝。

在小泽桃花失踪一年后，她的遗体终于被人发现。发现地点是鹤丽山的避难小屋，而藏匿尸体的位置，正是那个隈岛再熟悉不过的冰柜。由于它过于老旧，冷冻能力越来越差，藏在里面的遗体已经渐渐腐烂了。

冰柜里还有一具状态相同的遗体。由于一眼就能认出那是一名长发女性，因此无论隈岛还是其他探员原本都以为那无疑就是桃花的姐姐小泽绯里花的遗体。而将她们藏匿在这里的，就是避难小屋的管理员大槻。然而当他们绕到正面检查遗体的面部时，却发现并非如此。尽管遗体皮肤扭曲，面部也难以辨认，即便如此也能看出，她与刑警们多次在照片里见过的小泽绯里花并非同一个人。

后续的调查表明，这是大槻母亲的遗体。警方通过尸检和解剖发现，她已经死了将近三十年。至于死因，由于她下颚的一根舌骨断裂，因此极有可能是被人徒手掐死的。

警方认为，大槻的父亲在过去杀害了自己的妻子，并把她的尸体塞进了冰柜。后来大槻连同冰柜一起继承了这间避难屋。多年以后，大槻杀害了小泽桃花，并像父亲一样将尸体藏在冰柜里。尽管除此之外还有许多问题——包括大槻杀害小泽桃花的动机——尚未明确，但警方还是以谋杀与弃尸的嫌疑，将已故嫌疑人大槻的资料送交到检察院。

事发过后，警方依然在不断搜寻小泽绯里花的行踪。

而且是假设她还没有去世。

尽管这个假设十分薄弱，但并非没有依据支撑。大约在半年前，也就是去年年底，小泽绯里花的手机曾经发出了一段讯号。自从她失踪后，警方每隔一段时间都会向通信公司查询，但发出信号的记录就只有这一次。

经过定位发现，信号发出的地点在邻县铁路线附近的一个小公园里。小泽绯里花，或者说其他人曾经在那儿打开了她的手机。

隈岛立即与其他刑警在现场及周边进行了细致的走访，然而没能获得任何可靠信息。问过她的父母，他们也表示对这所公园没有任何印象。

绯里花失踪当天在鹤丽山登山小路的入口处发现的自行车，在御光川的河滩上发现的玩偶小熊，还有在邻县打开过一次的手机。除此之外，没有任何线索，真相依然隐藏在重重迷雾之中。

不过，事态在今早突然有了进展。

而隈岛来到这里，正是为了向绯里花的父母转达。

“我们还是会经常给绯里花打电话。”

小泽父亲啜饮着大麦茶。隈岛看到他的眼角已经有了深深的皱纹。距离隈岛第一次见到他没有相隔太久，但他脸上的皱纹却加深了许多。

“说不定她今天会接电话，或是给咱们回信呢。”

旁边的小泽母亲点点头：

“就像去年年底那样，说不定她又在哪儿打开手机……我们又正好在那个时候打进电话，或许她就接了呢。有时候我还会用桃花的号码拨打。”

她把视线投到靠墙的木制橱柜上，那里放着一部正在充电的手机。当然不是小泽桃花生前用的那一部。她的手机是在身上呢绒外套的口袋里发现的，但因为在冰柜里放置了一年多，而且被遗体渗出的液体浸泡，因此无法开机或恢复数据了。

“桃花的手机是用我先生的名义签的合约，所以我们买了新手机，把号码转了过来。因为绯里花或许会在某处给妹妹打电话过来。”

会有人拨打死者的电话吗？隈岛在心里犯着嘀咕。但当他听到小泽母亲接下来的话后，不禁为自己的怀疑感到羞愧。

“绯里花那孩子，可能还不知道桃花已经死了。她平时看上去特别认真，但其实还是蛮大大咧咧的。”

“是啊，她平时也不太喜欢看新闻呢。”

看来即便是再小的可能，这对父母也愿意去相信。

隈岛的视线落在装着大麦茶的玻璃杯上。之前他联络小泽父母，说有消息转达，所以才会来到这儿与二人见面。然而直到现在，隈岛依然没能找到合适的时机谈论这个话题，对方也根本不肯开口询问。不，可能他们已经预感到自己带来的是坏消息了，或许这就是两人如今都显得格外健谈的原因。想到这里，隈岛的下巴变得僵硬，更加无法从嗓子眼里挤出那句话了。

“我之前还总是对她说，小心别被老鼠偷走[1]。”

“什么？”

隈岛没能理解这句话的含义，于是开口问道。

“因为神隐而消失，一般不都会说是‘被老鼠偷走’吗？绯里花以前喜欢熬夜，我先去睡觉的时候，就总是对她说，小心别被老鼠偷走噢。都快成口头禅了。”

---

1 原文为“**ネズミにひかれないでね**”。日本俚语，可以理解为父母叮嘱孩子在家小心的话语。直译为“不要被老鼠偷走”。关于其来源的一种说法是，过去的日本人家里多有老鼠，老鼠在偷东西的时候尽管每次只能偷走一点，但点滴积累，待到人们发现的时候东西已经不见了许多，仿佛凭空消失一样。

仔细想想，养育隈岛和大哥的祖母也说过这样的话。当她和祖父出门，留下他们在家里看家时，也曾笑着说“别被老鼠偷走噢”。

“可是我没想到她真的会失踪……”

“或许她就在夜目森林里呢。”

隈岛的身体不由得僵硬了。刚刚小泽父亲提到的“夜目森林”，正是刚才自己没能说出口的字眼。

“你想，夜目森林的‘夜目’在过去不就是‘老鼠’的意思嘛。”

警方在夜目森林里发现遗体，是在今天上午十点左右。

发现人是一名最近刚刚调到刑事科的男性年轻刑警。

去年秋天，在箕冰新城的一户人家里发生了一起杀人弃尸案，嫌疑人千木孝宪表示自己将儿子的遗体埋在了夜目森林。行车记录仪里的录像证明了他的说法，于是警方在夜目森林中展开搜索。然而由于千木孝宪忘记了掩埋遗体的具体地点，搜索工作陷入停滞。等到今年一月千木孝宪去世之后，对案件的搜查变得更加困难，进行搜索的人数也越来越少。然而就在今早，终于有人发现了遗体。

警方搜索尸体的方式，是对土壤和杂草显得可疑的地点进行“地毯式”挖掘，说白了就是单纯凭借毅力。派出所的刑警们被轮番分配到现场进行搜索，隈岛当然也包括在内。迄今为止，他大概是挖掘工作做得最多的人了。就连今早他还在单手拎着铁锹，满头大汗地在夜目森林里到处寻找。

——小熊……遗体找到了。

负责指挥搜查的户顷打来电话。

户顷说尸体是一名新人刑警发现的，自己在派出所里刚刚接到报告。隈岛收到了具体位置，但刚打算即刻赶往那里，户顷便又制止了他。

——那不是我们在找的遗体。

——什么意思？

——就是话里的意思。

警方发现的遗体，并不是千木孝史。

——遗体被裹在透明的塑料袋里……可是看服装和头发，恐怕更像是一具女尸。

挂断电话后的隈岛靠着他那张用了半年多，如今已经破破烂烂的地图，匆匆赶往户顷告知的地点。当他到达的时候，几名探员正聚在一起，围着一个几十厘米深的洞穴，但个个都宛如佛像般一动不动。

正如户顷所说，躺在洞穴里的遗体被包在塑料袋里。塑料袋上沾满泥土，变得已经不再透明。袋子的其中一端有个拉链，估计是用来密封的。里面的遗体已经严重腐烂，红褐色的液体浸透了全身的衣物。尽管如此，还是能看出她身上穿的是一件羽绒服、一条修身牛仔裤和一双黑色的靴子。

这身服装，与小泽绯里花失踪时的穿着一致。

等到遗体被带到派出所时，尸检报告已经完成。报告显示，尸体头部右侧有一处凹陷性骨折，右肩有一处粉碎性骨折，都是由强烈撞击所造成的。此外还发现她身上所穿的羽绒服和牛仔裤各处带有擦破和蹭破的痕迹，这表明她可能曾经从高处跌落，或是从行驶中的汽车上掉落。然而由于死后时间过长，无法判断这是否就是她死亡的直接原因。此外，尽管无法推测具体死亡时间，但验尸官认为，她至少已经死亡三年了。

小泽家的妹妹桃花是在两年前的一月遭到杀害的，也就是说，这具女尸在更早的时候就被埋在夜目森林里了。如果这真的是小泽绯里花的遗体，就意味着她比自己的妹妹更早遇害。当然，这也意味着去年年底在邻县打开手机的并不是她本人。

“我有个消息要告诉二位。”

（三）

老婆婆向着登山小道走去后，阿真独自一人站在观瀑台上。

撒过谎后的不适在全身蔓延。然而这种感觉的源头，却不像一般人那样是喉咙或嘴巴，而是自己的右手。是刚刚握着铅笔的右手，是在老婆婆递过来的笔记上写下了那句愚蠢谎言的右手。

“希望可以再次说话。”

事实上，就算不能再说话也无所谓了。

因为自己说错了话，害得大伯上吊自杀。从那天起，阿真就再也发不出声音，彻底想不起过去是怎么说话的了。

可是害死了人，会遭报应也是理所应当。

父亲和母亲搞不清事情的缘由，只是心慌意乱地带着阿真到各家医院看病，然而始终无法令他康复。大伯将近三十年没能说话，而自己也一样，每天心里都在想着是自己害死了大伯，也每天都不能说话。连每天晚上做梦都会梦到自己害死了大伯，第二天又不得不意识到梦里发生的事都是真的。

想必这才是最正确的做法吧?

上周课间休息的时候，阿良、阿畑与谷裕来到课桌前，告诉他后天就是三连休的第一天，他们打算对父母撒谎去参加牡丹节，实际上要骑车去远处玩。但阿真摇摇头后，三人迅速作罢，转而聊起了别的话题。话题有许多方向，但他们时不时就会对阿真问一句“对吧”“没错吧”这种只需要回答“是”或“否”的话。其实不只是现在，自从阿真失语以来，身边的人都会这样照顾他，想让他觉得自己也在参与对话，让他觉得即便自己无法出声，身边也依然有朋友。然而一旦他们得知阿真失语的原因，又会做何感想?他们一定会把阿真看作杀人凶手吧?而与试胆游戏有关的几个人，恐怕也逃脱不了异样的目光。

所以阿真不由得为自己不能说话感到庆幸。

幸好直到最后自己都不能再说话。

向观瀑台左侧望去，在那边台阶的尽头曾有一间避难小屋，但在去年暑假之前被拆除了。伴随着鹤丽盘山公路的建成，已经没有人再需要它了。更何况杀人犯用来藏匿尸体的小屋，怎么可能找得到下一个继任者。

不远处水声隆隆，仿佛炸弹在不停地爆炸。

据说那间避难小屋的管理员是跳进瀑布下面的水潭里淹死的。无论是当时播放的电视节目还是自己的父母都说，他是不能接受自己的所作所为才会自杀的。当时阿真还不太能理解这句话的含义——自己可绝对不会想死。一旦死了，一切就都结束了。既不能和朋友玩耍，也不能看有趣的动画片，更不能过生日和圣诞节了。只要不说出去就好了嘛。就算做了坏事，只要不透露给任何人，永远隐瞒下去，再摆出一副平常的面孔就可以了嘛。

但现在阿真终于明白了。

如果一件事已经心知肚明无法逃避却还想逃避的话，就只有一个办法了。

阿真走近瀑布，闻着岩石湿漉漉的味道，将手搭在观瀑台的护栏上。水声越发响亮，将阿真笼罩其中。刚刚那位老婆婆似乎在向瀑布祈求什么，但又怎么会有神明来实现人们的愿望呢？归根结底，神明根本就不存在。所以那间避难屋的管理员才没有向神明祈祷，而是选择了自杀。自己的愿望只能由自己来实现，可是——

如果瀑布里真的寄宿着神明的话，就请让大伯重新活过来吧。

阿真在心中低声说道。

请把我的生命带走，让大伯活过来吧。

双脚一跃，让冰冷而潮湿的护栏抵在腹部。尽管不算擅长运动，但阿真单杠考试的成绩却总是相当优异。每个人都有自己的优点——在人生的最后时刻能想起些好事，还是很令人欣喜的。要是淹死在瀑布下面的池子里，自己会永远沉在水底，还是不久之后会漂起来？不管怎样，在被人发现之前，父亲和母亲一定会心急如焚，担心自己为什么还不回家吧。

可是已经无所谓了。

对不起，我做了坏事。

对不起，我害死了自己最喜欢的人。

像是要将自己化为贡品一样，阿真向冒着白雾的瀑布探出上身。

（四）

第二天，在驾车前往箕冰新城的路上，隈岛与一辆载满盆栽的小货车擦肩而过。明天牡丹节就要开始了，那些应该都是用来贩卖的商品吧。牡丹花整齐排列在车斗内，在午后阳光的照射下泛着耀眼的光芒。尽管已经远去，隈岛却依然觉得它们就在自己的眼底摇曳。

昨天，警方就在夜目森林里发现的遗体发布媒体公告，表示遗体“身份不明”，且并未提及遗体被装在被褥压缩袋里，也并未提及遗体穿着与小泽绯里花失踪时相似的服装。然而公告里还是提到了尸体是一名年轻女子，因此看过新闻的当地居民，肯定有不少人联想到了小泽绯里花的名字。

昨天离开小泽家的时候，隈岛借来了绯里花的梳子，在上面提取到的毛发如今已经送往县派出所的法医实验室。这样做的目的是与遗体进行 DNA 比对，但专业人士预估难度极大。遗体腐败程度过高，皮肤、肌肉与器官的细胞都已破坏，毛根[1]也没有留下，为此需要用骨头进行 DNA 化验，但至少要一个星期，视具体情况甚至可能需要几个月才能得到结果。警方还提出了齿形比照的需求，这种检测可能会更早得到结果，但即便如此，仍然需要至少一周的时间。

只不过——

这具遗体依然极有可能就是小泽绯里花。

1　一般来说，头发主要分为毛发和毛根两部分，毛根外部有毛囊包裹，此处DNA含量较高，因此在检测的时候，通常会选择自然脱落、带有毛根的头发。

因为警方还在夜目森林里发现了她的登山包。

这个登山包是傍晚时分，恰好在媒体发布结束后找到的。被发现时装在一个聚乙烯垃圾袋里，埋在遗体附近的地方。它由尼龙材料制成，整体呈赤豆色，里面放着一个装有现金与各种卡片的钱包、润唇膏、护手霜、手帕以及小泽绯里花的学生证。

警方请小泽夫妇来到派出所辨认。对方表示润唇膏和护手霜不能确定，但其余物品确实属于小泽绯里花。

——我们相信那具遗体不会是她的。

离开派出所时，小泽父亲这样说道。他身边的小泽母亲微微点了点头，但两人都在用空虚的眼神望着半空，并没有看隈岛的脸。

在后续的调查会议上，警方讨论了以户顷为中心的后续调查方针。关于那些可能属于小泽绯里花的遗物，警方进行了尤为慎重的探讨，因为这里有一个奇怪的疑点。

她的登山包是装在一个袋口系紧的垃圾袋里，然后才被埋起来的，然而背包上却到处都是泥土。就连背包里面也沾着像是从拉链的缝隙中漏进去的已经干燥了的泥土。简直像是把原本埋在地下的包挖出来，再重新装进垃圾袋里一样。

尽管原因不得而知，但这或许是仅有凶手知晓的事实，也很有可能会成为将来审讯的关键。警方在会议上商定，暂时不向媒体透露关于登山包的信息。

隈岛把车停在箕冰新城中心区域。

曾经多次拜访过的千木家，如今只剩智惠子居住在那里。

之所以会前来拜访，是为了向智惠子打听夜目森林中那具遗体的相关问题。当然，隈岛知道一切只是巧合。去年秋天千木孝宪选择埋葬儿子遗体的地点，与昨日清晨发现女尸的地点，只不过是恰巧都在夜目森林罢了。两名凶手都打算藏匿尸体，同时不想被人发现，而最终他们都把埋尸的地点选择在了夜目森林。通过千木孝宪的供词，警方得知孝史的遗体被埋在夜目森林里，然而在警方大举搜索过后，发现的却是另一个人的遗体。

隈岛希望自己能够接受这一巧合。

这就是他来到这里的原因。

下车后按响门铃，片刻过后，房门内侧传来了转动门锁的声音。

（五）

“要是想起什么线索，还请随时联络。”

矮桌对面背对着地窗的隈岛刑警说完这句话后低头致意。不知不觉间日头西落，将他的影子拉得老长。

“不管是您家先生还是令郎……或者是在夜目森林里发现的那具遗体，相关的事情只要您能想起来的，都可以说给我听。”

“关于这些，我真的一无所知。”

“我知道了。”隈岛点了点头，望着墙边的佛龛。那里竖着两根点燃的蜡烛和一根线香，线香正冒着一缕细丝般的轻烟。隈岛刑警前来拜访的时候，智惠子正面对着两张遗像静坐。不过佛龛里只有她丈夫的牌位，而孝史甚至还没法举行葬礼。

“我只是觉得，那个埋尸的人与您家先生有着同样的想法。”

隈岛站了起来，随即转过身去。

他来这里，是为了打听在夜目森林里挖出的那具尸体的消息。当然，智惠子已经在昨日的晚间新闻里得知了这件事，而她也同样知道会有刑警来确认这件事与孝史遇害的关联。然而她对此基本无话可说。面对含糊的问题，她只能给出含糊的回答。隈岛刑警也没有深究，似乎从头到尾就没有怀疑过她，问过几句之后就准备离开了——正如丈夫之前所预料的那样。

“打扰您了。”

望着隈岛刑警驱车远去，智惠子锁上了房门。

随后她并没有回到客厅，而是走进厨房。

她从放在水槽上的铝箔包装里按出一枚药片，用一杯自来水送入喉咙。尽管一切都在预料之中，但她依然想要逃避。即使无法入睡，她也希望至少能让意识再模糊些，以此来远离现实。

转过身去，智惠子望着矮桌下漆黑的阴影。

——希望他们不要找到那具尸体。

那天晚上，为了掩埋孝史的尸体，丈夫拆开了客厅的榻榻米和地板。

但他马上发现不太对劲。

地板下面的土地是凹凸不平的[1]。

两人交换了眼神，丈夫随即趴在地上，把脸伸到满是霉味的地板下面环顾。然而并没有必要，因为从跪坐在榻榻米上的智惠子的角度可以看到，那里是唯一一处土地不平整的地方。

智惠子一辈子都没怎么见过地板下面的样子。别人家的先不提了，哪怕是自己家，也只见过寥寥数次而已。四十多年前箕冰新城整体施工的时候，自己跟丈夫以及当时还在上幼儿园的孝史，每周都会手牵着手从当时居住的县营公寓来到这边观察施工进度。当时屋里还没铺设地板，但与其他人家一样，地面已经平整过了。房子建成后再一次看到地板下面的情况，是大约十五年以后——他们委托专业人士来做白蚁消杀预防的时候。当时工人们拆除了客厅里的榻榻米和地板，钻进地板下面工作。当时还是大学生的孝史不喜欢化学药剂的味道，就上二楼去了。但智惠子记得自己和丈夫都对聚光灯照亮的地板下侧感到好奇，就凑过去看了看。因此他们都记得无论开工之前还是之后，地板下面的土地都

1　日本的平层及小二层建筑通常会将住宅地面抬高数十厘米，即在房屋底层与地面之间留出一定的空隙，以起到防虫防潮、增加木材使用年限的作用。

是极为平整的。

——没时间犹豫了。

丈夫起身去院子中的仓库里取出一把铁锹，一锹插进土里，将挖出的泥土扔到一边，又将铁锹插进相同的位置——就这样挖了一会儿，他突然停止挖掘，放下铁锹，开始用戴着劳保手套的双手扒着地上的泥土。

从泥土中刨出来的，是一个赤豆色的登山包。

——为什么会是这种东西……

满头大汗的丈夫呆呆地嘀咕着，将手放在登山包的拉链上。伴随着一声钝响，生锈的拉链被拉开，电灯的光线照亮了包内。

钱包、手帕、润唇膏、护手霜。

还有一部白色的手机，与一张市内的学生证。

翻开学生证的封面，持有者的照片展现在眼前。照片下面还写着姓名、联络方式、住址和生日。当看到她的面孔与“小泽绯里花”这个名字的时候，记忆中的某部分似乎突然苏醒。然而还没等智惠子想起她到底是谁，丈夫再次弯下了腰。

——好像还有什么……

在登山包下面，还能看到一个类似麻袋的物体。

不过当丈夫用戴着劳保手套的手擦拭过表面后，智惠子意识到那并不是麻袋，而是盖着一层厚厚泥土的透明塑料袋。隔着微微透光的塑料袋，能够看到一个浸泡在红褐色液体中的物体。

刚刚在挖土的时候，丈夫一直没有回过头来，但现在他回头望向了智惠子。就在这时，两人似乎已经意识到他们发现了什么。

从地底挖出来的，是装在压缩袋中的某个人的尸体。

红褐色的液体已经扩散到袋内各个角落。尸体趴在中间，四肢冲着不同的方向。脸是朝下的，长发向着四面八方散去。在头发下面，尸体脖颈上的皮肉已经溃烂，露出白骨。压缩袋上的拉链看上去很眼熟，两人一眼就认出那是智惠子在家里常用来装被褥的压缩袋。

两人被吓得发不出一丝声响。智惠子的视线牢牢盯在尸体上，她感到脉搏突突直跳，视野中似乎有红色的光芒在闪烁。撑在榻榻米上的四肢变得僵硬，头脑当中却在拼命思考——为什么地板下会埋着一具尸体？是什么时候埋在这里的？关于第一个问题，答案只有一个。这间房子里只住着三个人，除非是他们的记忆出了问题，否则埋藏这具尸体的人就只可能是孝史。

那么，他究竟是什么时候把尸体埋在这里的？

最有可能是在两年前的一月，当时为了切除淋巴结上的巨大肿瘤，丈夫正在长期住院。住院期间，孝宪担心智惠子会成为孝史的出气筒，便以需要陪护为由让她住在医院。除了那次之外，两人从来都没有长期离开过家里。

——小泽绯里花……

就在这时，一段回忆不经意间在脑海中复苏。第一次听到那本学生证上的名字，正是在自己住院陪护期间。听护士们在闲聊的时候说，有一对牡丹花农的女儿叫绯里花，有一天去了鹤丽山后突然就失踪了。警方全力搜寻，但始终没能找到。在回忆这件事的时候，智惠子突然发觉了另一个事实——孝史在二楼向着窗外语无伦次地叫喊，也正是从两年前的一月，就是自己和孝宪从医院回来后不久开始的。

——必须……隐瞒这一切。

这是丈夫当晚所得出的结论。

如果有足够的时间用来思考，想必自己也会得出相同的结论。尽管不知道孝史与女孩之间究竟发生了什么，但有两件事情是明确的：地板下面埋着一具尸体，以及孝史很有可能与此有关。

——即使孝史的尸体被找到，只要让警察抓我就行了，但只有这件事……

绝对不可以让警察发现。

——我会把这具尸体带出去。就算它被发现，只要不在咱们家里就没问题，警察也不会把它与孝史联系起来……不。

孝宪说到一半突然停下，继而望着地板下的尸体。他的侧脸上突然不再有恐惧和困惑，取而代之的是无尽的悲哀。

——应该说……能被发现反而更好。

想到女孩的父母，智惠子点了点头。

尽管她知道身为一个家长，自己早已没有资格这样想了。

孝宪从院中的仓库里取出野餐布和晾衣绳，将被褥压缩袋中的女孩尸体裹住并捆紧。为了防止里面的物品腐烂，孝宪还把登山包装进垃圾袋里。这样将来尸体被人发现，就能迅速识别出她的身份了。

随后丈夫将女孩的尸体装到车上，向夜目森林驶去。他将途中的录像留在行车记录仪里，这样一来，警方就会将焦点转向夜目森林那边，被埋在地板下的孝史的尸体也不会被发现了。而且他们希望终有一天，女孩的尸体能够重见天日。

一段时间后，丈夫回到家里，对走廊里瑟瑟发抖的智惠子低声说道：

——尸体的事，你不用担心了。

他的声音是那样平静，以至于显得有些不合时宜。

丈夫把野餐布与晾衣绳带了回来，孝史的尸体被它们包裹后捆住，埋在了那名女孩曾经躺过的地方。警方至今对此依旧一无所知，只是在夜目森林里盲目地搜索着孝史的尸体，这样的工作今后恐怕也会一直进行下去。而在搜索中发现的女孩尸体，他们也不会觉得与孝史有关。就连刚刚来过的隈岛刑警也毫无疑心地离开了。没有人知道真相，没有人知道智惠子曾经犯下的罪行，也没有人会制裁孝史犯下的罪行。一切都在如预想般进行，一切事情都如愿以偿。

尽管如此——

睁开紧闭许久的双眼，智惠子迈着蹒跚的步伐离开了厨房。

走进客厅，正坐在佛龛前。线香里冒出的烟缓缓飘向地窗，但还没等飘到就彻底消散了。智惠子望了一会儿，继而打开佛龛的抽屉。

放在线香盒旁边的，是一部白色的手机。

丈夫和自己都知道，在这手机里或许能找到孝史和女孩之间的关联。所以那天晚上，他们唯独没有将手机放回到登山包里。第二天警察来家里调查的时候，两人把它藏在衣柜深处，后续又放在了这个地方。

——最后，我们一起去试一下吧。

去年年底一个阴云密布的日子里，丈夫说出了这句话。回想起来，那正好是他去世前的一个月。当时他卧床的时间越来越多，四肢越来越细，脸也瘦得严重，连颧骨都凸了出来。尽管如此，他望着智惠子的眼神却依然透露出坚定的决心。

智惠子竭力斩断心中的迷惘，对着他点了点头。

然而即使是现在，她也依然不能确定那时的做法是否正确。

手机已经不可能有电了，因此智惠子找出孝史曾经用过的充电器给手机充了电。到了下午，她同丈夫一起离开家门前往邻县。这是因为他们听说开机后，警方有办法追踪到手机的位置。

坐完公交坐电车，跨越县境后再换乘其他电车。如今智惠子已经不记得当时究竟坐了几站，也不记得下车那站的站名了。丈夫偶尔会让自己搀扶，但步伐自始至终都十分坚定。暮色渐深，在陌生的小镇里走过一段路后，两人来到一个荒无人烟的小公园。公园外围种着灌木，他们在不知不觉间跨了过去。

两人并排坐在秋千附近的长椅上。

从包里掏出手机，智惠子按下电源键，然而什么也没有发生。她又按了一次，这次是长按，一个 logo 随即出现在屏幕上。面对着在眼前重新苏醒的手机，智惠子的双手不禁微微颤抖。丈夫在身旁默默地握住她的手，放在自己手心——是啊，在为难的时候，丈夫总是会像这样替她承担一切。

最先显示在屏幕上的是输入密码的画面。看惯了孝史使用智能机的样子，两人当然知道该怎么做。其实他们已经决定了要试的密码，要是这个没用，恐怕就只能放弃了。

——就试这一次吧。

丈夫枯瘦的手指在屏幕上按下“0503”。那是少女写在学生证里的生日。尽管五月三日是宪法纪念日，但对于箕冰市来说，同样也是举行春季牡丹节的日子，所以两人都牢牢地记着她的生日。

密码锁就这样轻易地被解开了。

手机就这样解锁了。

解锁后的屏幕上纵横有致地排列着许多正方形图标，下面分别标注着“电话”“邮件”“联系人”“照片”等字样。其中一个图标相当独特，它的 logo 是由数个几何图形组成。丈夫也很快注意到了它。

——那好像是孝史过去经常打开的一个应用。

当暴力所带来的恐惧还笼罩在身边时，他们经常能看见孝史坐在客厅的矮桌前摆弄手机，而最常出现的画面里就有着相同的 logo。后来两人从报纸和电视新闻中得知，那种东西叫作“社交平台”。

丈夫用手指碰了碰 logo，画面一下就切换了。只见屏幕上方显示着“hirihiri”的用户名，名字旁边是用冬牡丹的照片做的头像。他学着孝史那样上滑屏幕，画面里出现了三张照片。投稿日期都是两年前的一月八日，正是女孩失踪的那天。

“我要去尽孝了。”

照片里是一名妇女在牡丹花棚中的背影。

“有点希望，又不太希望和泰利熊老师一起回家(笑)。”

照片里是一个戴着黑色圆框眼镜与学士帽，身穿黑色长袍的布偶。

“是否相信，取决于你自己（笑）。”

一棵被拦腰锯断的大树，看样子似乎是鹤丽山登山小路入口处的那株大银杏树。

丈夫轮流盯着那些照片，像是在试图破解其中的含义。稍后，他注意到屏幕最上方的一个信封标记。触碰之后，画面切换到发送信息界面。里面只有一条对话记录，对方是一个叫作“taka[1]”，并以大波斯菊的照片作为头像的人。

——是孝史吗？

丈夫点开两人的对话。

屏幕左右两边立刻排满了方形的对话气泡，右边的是“hirihiri”，左边的是“taka”。

“我看到你发的照片了，你在鹤丽山？”

“我在瀑布旁边。情况不太妙，这边好黑，我有点怕……”

“走山路下山很危险。你来鹤丽盘山公路这边吧，我开车送你回家。”

“呃……这样不太好吧？而且我的自行车还在下面……”

1　孝史的日语发音为takashi。

“自行车可以装在车里带回来。正好我去那边有事要办，可以顺便接你。”

“不好意思，我的手机快没电了。”

“我在盘山公路那边等你。”

这番对话同样是在一月八日，下午不到五点时进行的。

滑动屏幕查看历史对话，发现两人之间的第一次交流，是在刚刚那段对话发生前的一个月左右。

“我是 hirihiri！ taka 是您吗？”

“我是 taka，感谢您发来消息。”

“我建了这个小号，专门用来和您联络……”

“方便的话，打电话或是用聊天软件也可以的。”

“毕竟还没见过面，有些不敢……不好意思！”

在荒废的公园一角，“还没”这两个字放射着不祥的光芒。

后来两人每天都会互发几条信息。从对话内容能够推测出，他们过去在其他平台有过交流。那个平台曾在对话中提到过，是个片假名的缩写，恐怕是男女交友的网络平台吧。两人在那里相识并交换信息，继而开始通过其他方式保持联系。

不过，这个名叫“taka”的人真的是孝史吗？

在窥看信息的过程中，智惠子感到了异样。

——不会的，那不会是咱孩子。

和女孩交流的人与孝史身份不同。从发送的信息来看，他曾多次暗示自己是一个经济条件优渥，比女孩大五岁的公司老板。只不过与孝史有关的是，这个人经营的正是一家“在日本推广海外电子玩具的公司”。

——不……他就是咱孩子。

丈夫低声回道。

手机屏幕下方出现了两人熟悉的物品。那是一个放在窗边，外形与手掌相似，像是可以运送物品的无线遥控车。这台遥控车，智惠子曾在孝史的房间里见过许多次。照片角落的浅绿色窗帘也和孝史房间里的一模一样。伴随照片一起发出的信息是“等着吧，这种玩具很快就会火遍全日本”。

难道说，孝史是在扮演那个理想中的自己？

智惠子没能说出这句话，但丈夫在身边缓缓点了点头。

后来两个人的对话越发亲密，但到一月八日就中断了。

他们之间的最后一句话就是“我在盘山公路那边等你”。

——或许她拍到过孝史的照片。

关掉社交平台的画面，丈夫点开了“照片”的图标。

屏幕上出现了许多排列有致的照片。地上的白蘑菇、空旷的蓝天、被冻成U形的毛巾、几个欢笑的身穿校服的女孩……其中还有自拍，她的面孔确实与失踪后播放的新闻，以及学生证照片中看到的女孩一模一样。

除此之外，还有四张横向排开的照片，里面都没有孝史的身影。后面三张是刚刚看过的照片，在牡丹花棚中的妇女背影、戴着圆框眼镜的布偶熊、鹤丽山的大银杏树。至于最新的那张照片则是漆黑一片，里面空无一物。

不，仔细看去，右下角有着“0:46”这样类似于秒数的标志。

——应该是视频吧。

丈夫点击回放的手指明显在颤抖。

屏幕中的视频画面依然只是漆黑一片。

没有显示任何画面，只是记录下了声音。

坐在黄昏时分的公园长椅上，智惠子与丈夫仅仅听过一遍，就再也不敢打开那段录音。

“……你要去哪儿？”

视频中传出汽车行驶的声音和一个女孩的说话声。

“方向走错了。”

“我想和你慢慢谈谈。”

尽管有些模糊，但毫无疑问是孝史的声音。

“请让我回去。”

“一小会儿就行，我只是想和你谈谈。”

“我不想和你谈，我要回家。你的年纪和之前说的不一样，车也不一样，根本就是在撒谎！”

孝史没有回话。

“请让我下车。”

她的声音非常坚决。然而孝史依旧没有回话。同样的话她又说了一遍，但这次声音里已经带着哭腔，仿佛无助的孩子。

“请让我下车。”

汽车的行驶声仍在继续，片刻后突然变小了。仿佛在等待这个时机一样，打开车门的声音传来，紧接着是发动机的轰鸣声，以及一连串惊心动魄的撞击声。

周围突然安静下来。

紧接着传来急促的脚步声，以及孝史高亢的尖叫声。

“为什么总是我？”

视频在这声尖叫中结束了。

女孩和孝史都已不在人世，那时究竟发生了什么事，如今只能任人猜想。

孝史开车去接绯里花的时候，她正被困在夜晚的鹤丽山中。当时孝史应该没有杀害她的意思。正如视频中所说，他一定只是想和绯里花谈谈而已。可一旦见面，过去的谎言就会被悉数识破。或许是他觉得只要耐心解释一下就能解开误会？或者说，他是为自己的谎言感到愧疚，打算对她实话实说，所以才会开车去鹤丽山？或许是因为外面太黑，又或许是因为山里太冷，最终女孩还是上了孝史的车？但不管怎么说，她还是很快意识到真实的孝史是个怎样的人，并出于危机意识录下了当时的声音。

虽然女孩恳求着想要下车，但孝史依旧照常行驶。尽管不知道他究竟要开往哪里，但最终车子或许是因为红灯而减速，她便趁机打开车门试图逃跑，孝史则是踩下油门打算制止。汽车突然加速，女孩在急切间想要抓住车门或座椅，但最后还是被甩出车外摔在地上。录像很快就结束了，但可能不是孝史的操作，而是手机电量耗尽的缘故。

智惠子紧紧地盯着从佛龛抽屉里拿出的手机。

漆黑一片的屏幕上，映出的只有自己衰老的面孔。

——谢谢你，让我又多活了一阵子。

这是丈夫临终前对智惠子说的话。说完后他微微抬起头笑了笑，随后就带着笑容睡去，再也没有醒来。直到生命的最后，丈夫还在尽可能地减轻她心中的罪恶感。

然而现在智惠子不禁觉得，如果当晚自己没有拿起那把菜刀——如果当时自己和丈夫一起被孝史杀掉，后面就不会发现他的罪行了。对丈夫来说、对自己来说，又或是对孝史来说，究竟哪种选择才是最好的呢？

希望一切都能结束。

无论是以什么形式都好。

智惠子心里重复着昨天在明神瀑布前许下的愿望。抬起头来，线香冒出的烟雾在眼中不知为何突然显得很大，很快又发出噼啪的声响，在不知不觉中化为巨大的瀑布。智惠子甚至觉得身体正在被它渐渐吸引过去。与此同时，方才服下的安眠药突然占据了身体的主导，她感到意识在渐渐远离自己的身体。眼前的白色瀑布此刻看上去更像是一片黑暗中的出口，智惠子祈祷着向它伸出双手。希望一切都能结束，无论是以什么形式都好。伸出的手碰到了柔软的物体，视野下方似乎有橙色的光芒在跃动，但她已经无法分辨那些究竟是什么。

（六）

口中数着屋顶，脚下踩着自行车的踏板——二十四，二十五，二十六——第一次来到这里，本以为会是更新一些的住宅区呢——二十七，二十八，二十九——类似于有许多夫妇带着孩子走在路上，熙熙攘攘的那一种——三十，三十一，三十二——但自己会这么想，似乎只是因为“新城”这个名字而已——三十三，三十四，三十五——但是仔细想想，这片住宅区似乎早在自己出生前很久就建成了——三十六，三十七，三十八，三十九，四十。

跳下自行车，推着车把向前走去。道路两旁的人家看上去相差无几，在傍晚阳光的照射下，仿佛动画片中不断重复的背景。

住宅区入口处的标牌标明了住址，因此他知道自己要找的人家在哪里。从入口处沿着这条小巷直走，路右侧第四十二家，走到这里还剩两家。

不过还是没想到居民居然如此稀少。从入口处骑车到这儿，连一个人影都没碰见。等到太阳落山，这里恐怕会更加寂静。

阿真从裤子后兜里掏出一张保险证。上面沾了些汗水，于是他单手握住车把，另一只手拿着保险证在T恤上擦了擦。从小家里就教育他，借了别人的东西一定要完好归还。尽管这张保险证不是从老婆婆那里借来的，但丢失的物品应该也差不多，沾满汗水的东西，应该没人会愿意拿。

那位老婆婆是在掏出笔记的时候把它弄掉的吗？还是说它原本放在夹层之类的地方，是阿真在笔记上写下那句谎言的时候，不小心把它弄掉的呢？

就在即将跌落的时候，阿真发现了这张掉在观瀑台上的保险证。当时他的整个身体几乎已经倒悬过来，护栏也已经滑过大腿，抵在他的膝盖处了。然而就在此时，阿真透过护栏缝隙看到了那张卡片。他突然不顾一切地将浑身力量灌注到四肢，仿佛昆虫一样紧紧抓住了护栏。就这样，阿真勉强避免了坠落。在一点点侧转过身体后，他再次翻过护栏，回到了观瀑台上。

他心想，一定要把这张卡片还给失主。

这就是他今天骑车来到箕冰新城的原因。

或许这是自己因为怕死而找的借口吧。不过把它还给老婆婆后，借口便不复存在。归还保险证后，他会像昨天那样再次骑车去鹤丽山。那个时候或许道路会是一片漆黑，不过盘山公路便于骑行，应该没有问题。通过盘山公路来到半山腰，在那里沿着一条狭窄的山路走上一会儿，就能到达明神瀑布。而到时候，观瀑台上已经不会再有保险证了。

第四十二户人家门口名牌上写的确实是“千木”二字。

在与保险证上的姓氏做过最后一次比对后，阿真按下了门铃。

没有人来应答。

向院子里望去，能看到一扇纱窗门。窗帘的缝隙中有光线透出——屋内似乎有人。阿真原本打算转身再按一次门铃，然而下一刻，像是被人拧着脖子一样，他不由自主地再次望向纱窗门的方向。

那里透出的光线实在太古怪了。

它红得出奇，隔着窗帘缝隙似乎还能看到在忽明忽暗地闪烁。

离开门口走到窗边，感到空气无比灼热，仿佛来到了另一个世界。

想要呼喊却发不出声音。阿真拉开纱窗门，继而拨开窗帘，正在熊熊燃烧的房间顿时出现在眼前。火焰从榻榻米上腾腾蹿起，灰色的浓烟向着四面八方蔓延，先是撞到墙上，继而沿着墙壁向天花板爬升。倒在佛龛前的那个人，是昨天遇到的老婆婆吗？阿真的肺里吸满了灼热的空气，他想叫喊，他想大声叫喊，喉咙里却发不出任何声音。他不再尝试叫喊，而是径直冲进屋去。里面的空气热得难以置信，身上的皮肤疼得像是被人剥掉一样。房间内侧的火势更强，但眼前同样是一团正在膨胀蔓延的红黑色火焰。扭曲的火焰点燃了榻榻米，点燃了坐垫，伴随着滚滚浓烟向阿真脚下爬来。尽管如此，阿真依旧把心一横，在榻榻米上一跃而起，跳过那团火焰，打着滚来到老婆婆身边。阿真趴在地上摇晃她的肩膀，但她完全没有反应，不知道是睡着了还是昏过去了。阿真拉住手腕想要拽她，但实在是拽不动。他发现老婆婆右手里握着一部手机，于是迅速拿了过来。这部手机与父母使用的型号相同，用它打电话叫消防车来——然而没能打开，按过开机按钮之后没有任何反应。不对，就算能打开手机，自己说不出话，又怎么告诉他们发生火灾的地点呢？绝望地向身后望去，阿真发现自己刚刚跃过的火焰迅速膨胀，已经无法再回去了。前门处是一道更加高大的火墙，左边的厨房则是浓烟滚滚——不想再害人死掉，不想再害人死掉了——在浓烟烈火中，阿真猛然张开嘴巴。请让我发出声音来吧——不奢求还有第二次机会，一次就好，请让我能够放声高喊吧……

（七）

得知千木家里发生火灾，是昨天夜里在派出所内刚刚完成调查报告之后。

当时户顷在办公桌后突然发出一声惊叫，隈岛有些好奇，便拿着报告走过去，发现电脑屏幕上正显示着箕冰市消防局的主页。浏览市内灾害信息是户顷的日常习惯，屏幕上的页面隈岛也相当熟悉。然而在看到“火灾与事故信息”的条目时，隈岛也不由得惊呼一声。因为在傍晚六点四十四分发生火灾的那个地点，正是自己无数次在调查报告中填写过的千木家的地址。

记得自己在开车返回派出所的路上，确实听到了消防车的鸣笛声，但没想到它的目的地居然正是刚刚离开不久的人家。尽管不了解火灾的细节，但记得在千木家与智惠子交谈时，自己曾看到佛龛上的线香与蜡烛都是点燃的，或许那就是引发火灾的原因。要是在离开前，自己能提醒智惠子注意防火就好了……

“啊，对不起。”

侧面突然冲出一个男孩，“砰”的一声撞在他的腰上。

“哪里，不好意思，是我发呆了。”

把手举到面前表示歉意，隈岛向男孩身后望去。原来不知不觉中，箕冰综合医院的正门已经就在眼前。自己是从楼后的停车场绕过来的，但由于思考太过专心，差点走过了头。

男孩低头致歉，随后向着自行车停车场小跑过去。那边还有两个男孩，都跨坐在自行车上，显得有些无所事事。其中一个体形较胖，另一个皮肤白净，长得瘦瘦的。

“不好意思，等很久了吧？谷裕来了吗？”

男孩远远地向他们喊道。对面传来两人的回应：

“还没来——”

“啊，他来了！”

用余光瞟到第四个男孩骑着自行车赶到的同时，隈岛走进了两旁装饰着绣球花的医院玻璃门。

穿过大厅走向前台，一位熟悉的老医生滑稽地行着礼向他走来。隈岛祖父母身体不好的时候，就是这位医生给他们看的病。祖父与祖母一向称他为“大夫”，但不清楚是出于故意还是懒散，这位老医生从不戴名牌，因此隈岛至今也不知道他的姓名。

“隈岛警官，刚刚你撞到了那位小英雄哦。”

“什么意思？”

小英雄——老医生重复了一遍，同时用他的长鼻头向玻璃门那边示了示意。

反应了几秒钟，隈岛终于理解了。

“哦……原来是那个孩子。”

在得知千木家发生火灾后，隈岛和户顷立即驱车赶往现场。到达后，两人看到在那座笼罩着一片烧焦味的房前聚集着不少邻居。向他们打听过后得知：最先发现着火的是一个小学高年级男孩。他不断地高声叫喊，使邻居们发现了异状。隔壁一名趁黄金周假期回老家探望的男子从敞开的地窗处冲进千木家，发现了倒在地上的千木智惠子，以及在她身旁高声叫喊的男孩。男子立刻冲进浓烟弥漫的厨房打开后门，先是让男孩从后门离开，继而将智惠子抱了出来。

随后，附近其他居民叫来的消防车赶到，扑灭了屋内的火。多亏男孩及时发现火情，最终火灾的损害仅限于一楼，房子看上去也无须重建，邻居们都为此感到欣喜。不知是因为害怕还是放下了提紧的心，那名男孩在火势扑灭后号啕大哭起来。但他还是尽量回答了消防员的问题，最后坐上父母前来接他的汽车离开了。

“那位小英雄，刚刚是来看望他救过的人？”

隈岛问道。老医生马马虎虎地点了点头。

“准确说是来送东西的。他说昨晚火灾发生后就一直攥在手里，直到后来才发现，于是今天就送来了。”

“什么东西？”

“我也不太清楚。不过小英雄说幸好没被烧坏，住院期间她可能会用到。”

说罢，老医生把眼镜架在鼻头，瞧着隈岛的面孔。

“今天是为了祖父母来的，还是隈岛警官您自己不舒服？”

隈岛拎起手中的纸袋，打开给对方看了看。这捧装在藤篮里的非洲菊插花，是在路上的一家花店里买的。因为不知道该送什么样的花，这是他向花店店员表示要看望一位年长的女士后，请对方帮忙挑选的。

“我来看望那位被小英雄救出来的女士。”

在前台办理完手续后，隈岛走向病房所在的二楼。

在楼梯中间的平台处恰好可以俯瞰体育公园。如今公园的围墙内侧已经整齐排列着一顶顶帐篷，今天就是春季牡丹节开幕的日子。刚刚看到的男孩们可能已经在前往会场的路上了。那里有卖炒面、猪肉味噌汤和迷你蜂蜜蛋糕的摊位，因此即使不买牡丹，孩子们也能尽情享受节日的乐趣。

看了眼手表，上午九点五十八分。牡丹节正式开始的时间是十点，会场上的喇叭一定已经开始播放起《今年的牡丹真漂亮》了。这首歌会在会场全天循环播放。牡丹节一共有三天，在此期间医院的员工和患者们别无选择，只能一直听着这首歌了。

来到二楼，隈岛边走边查看房间号。

千木智惠子的病房在走廊中段。隈岛敲了敲门，无人回应。又敲了敲，房间里依然没有任何声响。

一位年轻的护士走来，隈岛把她叫住。

“我是来探望病人的，可是敲门后没人应。”

大致听隈岛讲过情况后，她先是向病房里轻轻打了声招呼，继而打开拉门飞快地钻进去，没过多久后又出来，然后告诉隈岛：“病人正在休息。”

“可以等她醒过来吗？”

“一大早就注射了镇静剂，不知道什么时候醒。”

“我给她带了花……”

“放在窗边的柜子上，或者窗边的床头柜上怎样？”

“床头柜？”

“就是摆放小电视和日用品的柜子，病房里经常会有，放在床头的床头柜上。”

“哦哦，那个啊。”

护士突然“扑哧”一声笑了出来。隈岛本以为她在嘲笑自己的无知，然而并非如此。

“不好意思，因为刚才我好像和另一个人说过同样的话。”

“是个小学男生？”

“嗯嗯，是的。”

护士问隈岛是不是病人的熟人，隈岛随口说是她熟人的熟人。向护士表达感谢后，隈岛进入了病房。

阳光透过米色窗帘后扩散开来，让整间病房像是散发着淡淡的白光。房间里的光芒是那样洁净，而闭着眼的智惠子此时就躺在这片光芒中的角落里，身上盖的被子随着她的呼吸缓缓起伏。隈岛从未见到她脸上有过如此平静的表情。

隈岛从纸袋里拿出插花放在窗边的柜子上。因为要是放在床头柜上，病人醒来后知道有人接近过睡梦中的自己，会觉得不舒服。

拨开窗帘向外望去，体育公园的样子一览无余。公园入口处用交通锥堵着，尽管还没有放游客入内，但已经有不少人聚集在附近。他们应该是在等待开门，希望能抢购到自己心仪的牡丹吧。

——后天绯里花就二十岁了。

两天前，小泽绯里花的父亲这样说过。

夜目森林里发现的遗体，其齿形比照与DNA鉴定的结果尚未完成。然而总有一天会得出结果，尽管这或许会是绯里花的父母最不愿听到的消息。

记得在去年冬天，自己也曾双手合十向着明神瀑布许愿。

——你许了什么愿？

当时正在清扫落叶的大槻问他。隈岛如实答道：

——希望我能破解这起案子。

然而直至今日愿望依然没有实现，一切问题都没能解决——失踪的小泽桃花被人发现时，已经被残忍地冻成了冰人，在夜目森林里挖出的极有可能就是小泽绯里花的遗体，而千木孝史的尸体至今依旧不知所终。

前往鹤丽山后失踪的小泽绯里花，以及一年后在鹤丽山惨遭杀害的小泽桃花，她们是否也曾伫立于瀑布之前？她们是否也曾双手合十为了某个愿望而祈祷？而她们的愿望最终又是否得以实现？窗外的街道上节日气息越发浓厚，眼前的景色宛如一幅遵循着透视画法的风景画，而在这幅画卷的尽头，便是染上了一层新绿的、高高耸立的鹤丽山。就在隈岛眺望着明神瀑布所在的山腰时，体育公园入口处的交通锥被挪开，在门外等待已久的游客纷纷涌进公园。窗外的景色在阳光的照射下格外耀眼，让隈岛眼前有些模糊。他站在窗前凝望着，久久不愿收回目光。

10:01
桃花
消音
节目

磨铁图书旗下子品牌

更好的阅读

特约监制 潘 良 于 北

产品经理 胡马丽花

责任编辑 党敏博

特约编辑 叶 青

版权支持 冷 婷 郎彤童 李孝秋

营销支持 金 颖 于 双 黑 皮

封面插画 瓜田李下Design

封面设计 别境lab

官方微博：@文治图书

官方豆瓣：文治图书

联系我们：wenzhibooks@xiron.net.cn